KB183023

Can I still be your heroine, even though I'm your teacher?

좋아해

너의 **선생님** 이라도
히로인 이 될 수 있을까?

하바 라쿠토　　ill. 시오 코우지

분명히 아는 방인데 전체적으로 다른 느낌이 든다.

"……내 방이 이랬었나?"

시야가 점점 또렷해지면서 그 위화감의 정체를 눈치챘다.

"……?! 여긴 니시키 군의 방이잖아?"

큰일 났다~~~~!!!!

핏기가 싹 가시는 소리가 들렸다.

대체 무슨 일이 있었길래 이렇게 된 걸까.

"나, 나, 사고 쳤나?!"

텐조 레이유

"쿠호인 양, 또 지각이야.
오늘은 왜 늦었어?"

"침대가 놔주질 않잖아요."

쿠호인 아키라

"아, 먼저 들어가 버렸네.
기다리라고 했잖아."

"헉, 텐조 씨?! 문을 왜 열어요?!"

"등 밀어 줄게."

좋아해

CONTENTS

Can I still be your heroine, even though I'm your teacher?

너의 **선생님** 이라도
히로인 이
될 수 있을까?

하바 라쿠토

ill. 시오 코우지

프롤로그 이웃 나눔

"다녀왔습니다."

아파트에 혼자 사니 귀가해도 대답해 줄 사람이 없다.

내 이름은 텐조 레이유. 나이는 23세. 솔로로 남친은 없다. 도내의 사립 키요 고등학교에서 일본사를 가르치고 있다. 올해로 2년 차인데 처음으로 반을 책임지는 담임을 맡아 바쁜 나날을 보내는 중이다. 수영부 고문이라 방과 후에는 학생들에게 수영을 지도하고 있다.

그렇기에 하교 시간이 지나도, 교무실로 돌아가 쪽지 시험 채점 등 사무적인 작업과 잔업을 마무리해야 했다. 모든 것을 끝내고 집에 돌아갈 때면, 이미 나는 초주검 상태였다.

"오늘도 수고했어, 레이유."

집으로 돌아와 불을 켜니 방으로 이어진 좁다란 복도에는 쓰레기봉투가 여기저기 널브러져 있었다. 오늘도 지각하기 일보 직전까지 잠을 청하다가 황급히 집을 나서는 바람에 버리는 걸 깜박했기 때문이다.

나는 앞길을 막는 거추장스러운 쓰레기봉투를 피해 겨우겨우 세면장으로 향했다.

손을 씻고 입가심을 한 후, 얼굴을 들자 거울에 비친 내 모습에는 피곤한 기색이 역력했다.

콘택트렌즈를 빼자 해방감과 함께 시야가 약간 흐릿해졌다.

평상시에는 안경을 끼지 않아도 지장이 없는 시력이지만, 일할 때는 콘택트렌즈를 착용했다.

입고 있던 옷과 부활동 때 사용한 경영 수영복을 세탁기에 집어넣었다.

캐미솔과 쇼트 팬츠, 치수가 큰 얇은 후드 점퍼로 갈아입고 나서야 겨우 한숨을 돌렸다.

그리고 실이 끊어지기라도 한 것처럼 그대로 침대로 쓰러졌다.

―모든 것을 내팽개치고 싶은 밤이 있다.

지금이 바로 그런 기분이다.

담당하는 2학년 C반 학생들은 다들 착했다.

하지만 걱정스러운 아이도 있었다. 어떤 여학생은 벌써 4월 인데도 지각이 무척 잦았다. 몇 번이나 주의를 주었지만, 안타 깝게도 개선될 조짐이 보이지 않았다. 대체 뭘 어떻게 해야 그 아이를 도울 수 있을까.

학생들에게 도움을 주는 교사가 되고 싶은데 능력이 부족한 내가 너무 답답했다.

엎친 데 덮친 격으로 잡무에 시간을 빼앗겨 사생활마저 전 혀 여유가 없었다.

"아―. 힘들다. 내일이 휴일이면 좋겠어."

혼잣말이라는 명목하에 본심이 멋대로 흘러나왔다.

저녁은 퇴근길에 밖에서 먹고 왔기 때문에 포만감이 들어 이대로 잠들어 버릴 것만 같았다.

"……딸기 먹어야 하는데."

시골에 계신 할머니께서 잔뜩 보내 주신 고급 딸기.

어릴 때부터 좋아했던 과일이지만 역시나 매일 먹으니 조금 질려 왔다. 어서 먹지 않으면 썩고 마는데, 혼자 다 먹는 건 어려울 것 같다.

어떻게 할지 고민한 끝에, 고등학생 때부터 절친인 여자 친구에게 전화를 걸었다.

"맛있는 딸기도 먹을 겸 이번 주말에 우리 집에 놀러 오지 않을래?"

『미팅이 있어서 어려울 것 같아.』

안부도 생략하고 용건을 말하자, 느긋한 말투로 단칼에 거절했다.

"매정해. 오랜만에 얼굴 좀 보자～."

『봄은 만남의 계절이잖아. 만나 달라는 남자들이 줄을 서 있어서 일정이 꽉 찼어.』

"1년 내내 헛다리잖아."

『레이유야말로, 사춘기 남학생들의 연정을 도둑질하는 건 적당히 접어. 여학생들이 싫어하거나 겁먹지 않아?』

달콤한 목소리에 아주 살짝 독을 섞은 예의 바른 말투는 언제 들어도 재밌다.

"너무하네, 애들이 날 얼마나 좋아하는데."

『어머—. 정말? 레이유. 넌, 고등학생 때 그 반반한 얼굴로 쌀쌀맞게 굴어서 다들 얼마나 무서워했다고. 학생들이 네 비위를 맞춰 주는 걸지도 몰라. 실은 겁먹고 있는 거 아니야?』

"피곤해 죽겠는데, 재수 없는 의심 좀 하지 마."

그 말에 나도 모르게 불안이 엄습했다.

『학생들을 상대하는 것도 좋지만 얼른 남친^{아기} 하나쯤은 만드는 게 좋을 텐데.』

"올해부터 담임을 맡아서 그럴 여유 없다고."

『나랑 통화할 시간은 있으면서?』

"너도 나랑 통화하고 있잖아."

시각은 밤 10시를 진즉 지났다.

『난 스펙 좋은 신사분과 다음 데이트 장소로 이동 중이야.』

"목요일 밤인데도 바쁘시네."

일과를 마치면 나는 힘이 쭉 빠져서 놀러 갈 기운도 없었다.

『누가 운명의 남잔지 모르잖아. 데이트 횟수라도 늘려야 하지 않겠어?』

"난 하라고 해도 못 해."

『레이유는 옛날부터 연애에 티끌만큼도 관심이 없더라? 그 예쁜 얼굴을 제대로 써먹지도 않는 건 너무 아까워. 그러다 결혼 못 해.』

나는 전화기에 대고 진절머리를 쳤다.

"어쩔 수 없잖아. 부모님이 허구한 날 다투시는 환경에서 자랐으니까 영원한 사랑 같은 건 안 믿어."

관심이 없을뿐더러 지금은 일이 바빠서 연애의 우선순위가 상당히 낮았다.

그럴 시간이 있으면 느긋하게 쉬든가 뒷전으로 미뤄 둔 집안일이나 하고 싶다.

게다가 결혼이 늦어지면 어쩌지? 하는 초조함도 전혀 없으니 남자 친구가 생길 턱이 없었다.

적어도 지금 내 생활권 안에는 함께 있을 때 즐거운 사람은 없는 것 같았다.

『처량하구나.』

"시끄러워. 연애에 대한 환상이 없을 뿐이야. 난 현실적이거든."

『오히려 너무 기대치가 높은 거 아니야? 레이유라면 꽃미남이든 부자든 마음대로 고를 수 있는데, 배부른 소리야.』

"스펙만으로 행복할 수 있다면 이 고생은 안 하지. 애초에 만났을 때부터 완벽한 사람은 갈수록 점수가 깎일 일만 남잖아."

『……연애 경험은 1도 없는 주제에.』

"쳇, 연애는 궁합이랑 타이밍이 전부야. 나, 나도 좋은 사람 있으면 당장 사귈 수 있어."

나는 불같이 성질부리고 싶은 걸 꾹 참고, 아주 조금 허세를 부렸다.

『호오~. 그렇구나. 그럼, 시험 삼아 대학 때 같은 세미나였던 남자들한테 연락해 보든지? 다들 사회인이 됐을 테고, 누구한 명쯤은 제대로 자리 잡지 않았을까?』

"그건 무리."

『왜?』

"……졸업하고 개별적으로 고백받았는데 거절했어. 그래서전부 이미 연락이 안 돼."

나는 어쩔 수 없이 털어놓았다.

『고등학생 때부터 거절한 고백이 대체 몇 개니? 절대 침몰하지 않는 텐조 레이유의 불침함#1 전설은 사회인인 지금도 갱신 중이네.』

친구는 개그가 따로 없다면서 웃음이 터지려는 걸 참느라필사적이었다.

"나도 마음에 드는 사람이 나타나면 사랑에 빠질 수 있어."

그 말에 거짓은 없었다.

적어도 사생활에서는 느낌이나 가치관이 맞는 사람과 별 탈없이 사귀고 싶었다.

객관적으로 좋은 평가보다 내가 편안함을 느끼는 사람인지를 중시하고 싶었기 때문이다.

『레이유. 백마 탄 왕자님이 널 좋아한다는 보증 같은 건 없

#1 불침함 침몰하지 않는 배를 뜻하며 주로 전쟁 중인 군함을 지칭함.

어.』

밤낮으로 미팅에 정성을 쏟는 친구는 실로 냉정했다.

나는 그것이, 스무 살이 넘은 어른이 너무 이상만 추종해도 허무할 뿐이라고 타이르는 것처럼 들렸다.

"그 정돈 알아. 애당초 남에게 좌지우지되는 인생 따윈 필요 없어. 나 혼자서도 충분히 행복할 수 있고. 차라리 내가 상대방을 행복하게 해 줄 거야."

『남자답네. 레이유가 남자였다면 분명히 내가 프러포즈했을 거야.』

"계속 친구로 지내고 싶으니까 거절할게."

『또 차였네. 날 차는 건 레이유뿐이야.』

옛날과 달라진 게 하나 없는 대화에 쓴웃음을 지었다.

서로를 속속들이 아는 친구와의 수다는 삶의 활력소였다.

『있잖아, 레이유. 일을 열심히 하는 것도 좋지만, 바쁜 걸 핑계 삼는 건 다른 문제야. 쉴 줄도 알고 남에게 기댈 줄도 알았으면 좋겠어.』

친구는 날개로 쓰다듬어 주는 듯한 온화한 목소리로 상처를 어루만져 준다.

"그래서 너랑 통화하잖아."

『난 하루빨리 사랑의 포로가 된 레이유의 귀여운 모습을 보고 싶어.』

"느낌이 딱 오는 사람을 만나면 기꺼이 상담할게."

나도 그런 특별한 사람을 만날 수 있다면 얼른 만나고 싶다.

『의외로 근처에 있는 거 아니야? 학교에 괜찮은 사람 없어?』

내일 날씨를 묻는 듯한 가벼운 어조였다.

"사내 연애는 절~대 꿈도 안 꿔. 일할 때 연애 감정이 들락날락하는 건 죽어도 있을 수 없어."

『그런가? 좋아하는 사람이 가까이에 있으면 일할 때 능률이 오를지도 몰라.』

"정신 산만해서 집중 안 돼."

『10대 같은 소리 하고 있네. 숫처녀는 이래서 안 돼.』

"그건 상관없잖아!"

이번에는 괴성을 지르고 말았다.

그때 쾅 하고 옆집에서 뭔가가 떨어지는 소리가 들렸다.

괜찮나?

공동 주택에서는 별것 아닌 일이 골치 아픈 일로 발전할 수도 있다.

도쿄에서 혼자 살면서 이웃과 친하게 지낸 적은 한 번도 없었다.

친하긴커녕 이웃의 얼굴도, 이름도 몰랐다.

『레이유. 선생들만 생각하지 말고 차라리 학생도 괜찮지 않아? 반반한 얼굴에 장래가 촉망되는 녀석을 끝내주는 몸매로

압살해 버려.』

"학생이랑 연애가 가능할 리가 없잖아."

나는 혀를 내둘렀다.

매일 교실에서 학생들을 보기 때문에 안다.

아무리 몸집이 어른과 다를 바 없다 해도 속은 아직 어린애다.

『연하남의 정열적이고 해바라기 같은 마음에 두근거릴지도 모르지. 이 세상에 절대라는 건 없어.』

"그 전에 학교에서 잘릴걸."

『레이유는 생긴 건 개방적인데, 하는 행동은 완전 보수적이라니까. 여자 쪽에서도 조금은 적극적으로 나가야지. 안 그러면 인연이 있어도 이어지지 않아.』

친구는 가게에 다 왔다며 끝으로 충고를 남기고 전화를 끊었다.

친구와의 통화로 졸음이 싹 달아났다.

나는 냉장고에서 딸기 한 팩을 꺼내 먹었다.

"맛은 있는데 이건 절대 혼자 다 못 먹어."

다행히 요즘 요리할 시간도 없었기 때문에 냉장고에 공간은 좀 있었다. 나는 그곳을 채우고 있는 남은 딸기 팩을 보고 결단을 내렸다.

"그래, 나눠 주는 수밖에 없어. 누군가가 맛있게 먹어 주는 게 훨씬 낫지."

나는 시원섭섭한 마음으로 딸기 팩 몇 개를 백화점 종이 가방에 넣고 보금자리인 103호를 나섰다.

"뭐, 연애는 아니지만 조금은 적극적으로 행동해 볼까."

그리고 마음을 단단히 먹은 채 옆집인 102호의 초인종을 눌렀다.

옆집에서 들린 소리에 정신이 번쩍 들면서 그대로 바닥으로 굴러떨어졌다.

"아야…… 뭐지?"

저녁을 먹은 후 일본사 학습지 과제물을 끝내고 침대 가장자리에 누워 잠시 잠들었다가 그대로 떨어진 모양이다.

엉덩이를 문지르면서 옆집과 맞닿은 벽을 무심코 쳐다보았다.

얼굴도 이름도 몰랐지만, 조금 전에 들린 목소리로 추측해 봤을 땐 젊은 여성인 것 같았다.

이웃집 사람은 아마도 사회인이나 대학생인 듯했다. 아침 일찍 나가서 저녁 늦게 귀가하는 탓에 고등학생인 나와는 생활 리듬이 달랐다.

덕분에 아파트 밖에서 마주친 적은 한 번도 없었다.

다만 이 아파트 벽이 비교적 얇아서 그 여성이 소리를 크게 설정한 알람 소리가 이른 아침에 곤잘 들렸다. 게다가 몇 번이나 울렸기 때문에 나도 자연스럽게 아침형 인간이 되고 말았다.

결과적으로 고교생인 내가 혼자 살아도 지각한 적은 한 번도 없다.

다시 잠자리에 들기 전에 내일 챙겨 갈 것들을 준비하고 부엌에서 설거지를 끝냈을 때 초인종이 울렸다.

"네—. 지금 나가요."

도어 스코프(door scope)도 확인하지 않고 문을 열었다.

"안녕하세요, 밤늦게 죄송해요. 바로 옆 103호에 사는 텐조라고 하는데 딸기 좀 드시라고 가져왔어요."

"—읏?!"

돌연히 대낮이 된 것처럼 시야가 밝아진 느낌이 들었다.

후광이라도 뿜어져 나오는 걸까. 그 정도의 눈부신 미인이 현관 앞에 서 있어서 굳어 버렸다.

우리 집을 찾아온 텐조라는 여성은 환한 미소를 지으면서 귀에 쏙쏙 들어오는 명확한 발음으로 용건을 말했다.

옆집에 산다는 여성은 머리가 긴 젊은 미인이었다.

나이는 10대 후반에서 20대 전반으로 추정.

뚜렷한 이목구비에 품위가 느껴지는 얼굴은 조막만 하고 팔다리는 늘씬하게 쭉 뻗었으며 엉덩이까지 덮는 치수가 큰 얇은 후드 점퍼를 입었다. 하얀 허벅지에 나도 모르게 시선을 빼앗았다. 발에는 계절감이 뒤죽박죽인 털이 달린 샌들을 신고 있었다.

캐주얼한 차림새였지만 숨길 수 없는 압도적인 매력[오라]이 보였다.

마치 인형 같은 빼어난 용모는 누가 봐도 일반인의 범주를 초월했다.

모델이나 배우라고 해도 하등 이상할 게 없었다.

"제 말 듣고 계세요?"

얼이 빠진 내 모습을 보다 못한 여성은 걱정스러운 듯 물었다.

"아, 그러니까 옆집에 사신다고요?"

"네, 맞아요. 맛있는 딸기가 있는데 좀 드실래요?"

여성은 백화점 종이 가방을 열어 안에 들어 있는 딸기를 보여 주었다.

팩에 담긴 딸기는 어찌나 싱싱한지 빨간 보석처럼 윤이 났다.

"확실히 맛있을 것 같네요."

"물건을 팔거나 가입을 권유하러 온 거 아니니까 걱정 안 하셔도 돼요. 놀라셨겠지만, 저 혼자 다 먹을 수 없을 만큼 딸기를 많이 보내 주셔서 곤란한 상황이거든요. 딸기 싫어하세요?"

그녀가 공손히 사정을 설명했다.

"아뇨, 저도 좋아해서 문제없어요."

"다행이다. 맛은 제가 보증해요! 달고 과즙이 많아서 한번 먹기 시작하면 멈출 수 없어요! 받아 주신다면 감사하죠. 드실래요?!"

보아하니 감정에 따라 몸도 같이 움직이는 타입인 것 같았다.

옆집 여성은 물어보면서 한 걸음 다가와 종이 가방을 이쪽으로 내밀었다.

움직일 때마다 머리카락이 흔들려서 좋은 향기가 풍겼다.

"그럼 잘 먹을게요."

동요하고 있다는 걸 들키지 않도록 아무렇지 않은 척하며 종이 가방을 받아 들었다.

"냉장고에 넣어 두고 가급적 이른 시일 안에 드세요."

"알겠습니…… 어?"

긴장하며 대화를 이어 가던 중 문득 깨달았다.

옆집 여성에게서 나는 향기를 어디선가 맡아 본 기억이 있었다.

향수? 아니야, 샴푸인가?

얼마 전에도 맡았던 것 같은데. 아니지, 오늘 낮에도 똑같은 냄새를 맡았어.

대체 어디서였지?

"어?"

호기심이 긴장감을 웃돌아, 여성의 얼굴을 다시금 찬찬히 살펴보았다.

그리고 여성의 정체를 눈치챘다.

평일에 학교 교실에서 날마다 바라보는 인물이 머릿속에 떠올랐지만, 곧바로 그 가능성을 부정했다.

그 사람이 이런 곳에 있을 리가 없었다.

그런 생각에 몇 번이나 눈을 깜박였다.

하지만 눈앞에 있는 여성은 사라지지 않았다.

그저 닮은 사람이라고 치부하기에는 내가 짐작하는 여성의 미모가 너무 뛰어나다.

평소의 어른스러운 이미지와는 너무나도 거리가 먼 캐주얼한 사복 차림에다 화장을 지워서 어려 보였기 때문에 곧바로 알아보지 못했다.

"왜 그러세요?"

"왜 여기 계세요?"

나는 놀란 나머지 쥐고 있던 종이 가방을 떨어뜨릴 뻔했다.

여성도 동시에 반응하여 그 가녀린 손을 내 손에 포갰다.

그 결과, 둘이 함께 딸기가 든 종이 가방의 손잡이를 붙잡은 상황이 연출됐다.

"죄, 죄송해요?! 제가 똑바로 잡고 있지 않았어요."

"제가 더 죄송해요! 제가 너무 많이 담아서 무거우셨죠."

여성은 황급히 자기 가슴 쪽으로 손을 가져갔다.

그러자 어색한 침묵이 찾아왔다.

"괜한 걱정 안 하셔도 돼요. 밤에 실례가 많았습니다."

옆집 주민은 더는 못 견디겠다는 것처럼 도망치듯 옆집으로 돌아가려 했다.

그 순간, 나는 여성의 이름을 불렀다.

"텐조 선생님이시죠?! 텐조 레이유 선생님."

갑자기 자기 이름이 불린 선생님은 발걸음을 딱 멈췄다.

"이상하다? 성만 말했을 텐데."

순식간에 긴박감이 도는 목소리로 바뀌었다.

"잘못 들었나? 선생님이라고 했던 것 같기도 하고……?"

선생님은 기름칠할 타이밍을 놓친 로봇처럼 어색한 움직임으로 천천히 나를 돌아보았다. 그리고 경계하듯 이쪽을 쳐다보았다.

"선생님 반의 니시키 유나기예요. 안녕하세요."

나는 오해를 풀기 위해 황급히 성과 이름을 밝혔다.

"니시키 유나기?"

선생님은 더듬더듬 내 이름을 복창했다.

"교탁 바로 앞에 앉아 있는 남학생이 저예요. 선생님, 모르시겠어요?"

나는 죄송하다는 듯 자기소개를 덧붙였다.

그러자 선생님은 얼굴을 쑥 들이밀었다.

"텐조 선생님, 너무 가까운 것 같은데요."

아름다운 얼굴이 숨결마저 닿을 거리에 있어서 당혹스러웠다.

화장을 지워도 우월한 미모는 어디 가지 않았다.

가까운 거리에서 커다란 눈동자로 뚫어지게 쳐다보는 바람에 나는 숨을 쉬는 것도 주저했다.

"—어머, 니시키 유나기라고?! 세상에, 니시키 군!!"

내 정체를 눈치챈 선생님이 비틀거리듯 뒤로 물러섰다. 그 기세에 선생님의 샌들 한쪽이 벗겨졌다.

"선생님, 샌들이……."

"사, 사람 잘못 보셨어요!!"

샌들이 굴러가든 말든 텐조 선생님은 자기 집으로 도망쳐 버렸다.

어딜 가도 선생님의 빛나는 외모는 흐려지지 않았다.

넋을 잃고 보게 되는 선생님의 미소, 숨이 멎을 정도로 아름다운 얼굴, 기운을 북돋아 주는 밝은 분위기.

그런 태양 같은 미인을 잘못 봤을 리가 없다.

딸기를 나눠 주러 온 옆집 주민은…… 담임 선생님인 텐조 레이유였다.

제1장 예상치 못한 홈 데이트

"어젯밤에 왔던 옆집 주민은 정말 텐조 선생님이었을까?"

이튿날 아침. 등교한 나는 자리에서 어젯밤에 있었던 일에 대해 다시금 생각해 보았다.

혼자 사는 남자에게 무의식적으로 생기는 외로움이 보여 준 환영이지 않았을까?

설마 담임 선생님이 옆집에 살고 있다니.

나, 니시키 유나기는 도내에 있는 진학교[#2]인 사립 키요 고등학교에 다니고 있다.

2학년 C반. 출석번호 23번. 귀가부[#3]로 생활비를 지원해 주시는 친아버지와 학업을 소홀히 하지 않기로 약속했기 때문에 성적은 나쁘지 않은 편이다. 그러나 쉬는 시간에 잡담을 나눌 정도의 지인만 있을 뿐, 친구라고 부를 만큼 사이가 좋은 사람은 없었다. 물론 여친 또한 없음.

그런 나의 담임이 바로 텐조 레이유다.

"아니야, 손도 부딪쳤잖아."

포개졌던 손의 감촉이나 체온은 진짜였다.

#2 진학교 명문대 입학을 목표로 하는 학교.

#3 귀가부 부활동을 하지 않고 귀가하는 학생.

자취방 냉장고 안에도 선생님이 나눠 주려고 들고 온 딸기가 들어 있다.

조식으로 먹어 보니 선생님 말씀처럼 달고 과즙이 풍부해서 맛있었다.

가실 때 떨어뜨렸던 여성용 샌들을 혹시 몰라 현관에 보관해 두었다.

신발을 깜박하다니. 마치 동화 속 신데렐라 같다.

실제로 공주라고 한다 해도 난 스스럼없이 받아들이겠지.

텐조 선생님은 그만큼 눈부신 미인이었다.

하지만 내가 정체를 밝히자마자 옆집 누님은 쏜살같이 도망쳐 버렸다.

"전혀 교류가 없는 옆집 남자가 자기 이름을 알고 있다면 선생님이 아니더라도 여자라면 누구나 겁먹고 도망칠 만해……."

하룻밤이 지나 냉정하게 자신의 행동을 되돌아보니 저절로 쓴웃음이 나왔다.

현관문과 우편함에는 호수만 적혀 있었다. 나나 텐조 선생님이나 이름을 알 수 있는 팻말은 붙여 놓지 않았다.

그러니 젊은 여성의 지극히 자연스러운 반응일 것이다.

오히려 학생과 교사가 이웃 주민이 될 확률이 훨씬 현실성이 떨어진다.

"선생님이 옆집에 살다니, 이게 말이 돼?"

나는 놀라움을 금치 못하면서도 어딘지 모르게 살짝 들떠 있었다.

한 지붕 아래에 벽 하나를 사이에 두고 미인이 산다는 것만으로 가슴이 콩닥콩닥 뛰었다.

"얘들아, 좋은 아침! 오늘 아침은 날이 맑아서 기분이 좋구나!"

조례 시간이 되자 텐조 선생님이 힘차게 소리치며 교실에 나타났다.

텐조 선생님은 평소와 다름없이 밝은 미소를 지으며 교단에 섰다.

내 자리는 교실 가운뎃줄 맨 앞자리라 마침 교탁 정면이었다.

다시 말해 난 텐조 선생님 눈앞에 앉아 있었다.

텐조 선생님은 아주 잠깐 나와 눈이 마주쳤지만, 상큼한 미소를 잃지 않았다.

어젯밤 학교 밖에서 우연히 만난 학생이 눈앞에 앉아 있으니 상당히 부담스러울 텐데 대단한 것 같다.

텐조 선생님은 학급 위원의 호령에 맞춰 인사한 후, 출석을 척척 불렀다.

작년에 내가 입학했을 때 텐조 선생님도 대학을 졸업하자마자 키요 고등학교로 발령받았다.

역대급 미모를 자랑하는 신입 여교사가 왔다고 당시부터 학교 전체의 주목을 받았다.

처음 선생님을 보았을 때, 저분이 소문의 텐조 선생님이라는 걸 한눈에 이해했다.

지금껏 인생을 살면서 만났던 여성 중 틀림없이 가장 예쁜 사람이었기 때문이다.

얼굴이나 스타일, 흘러넘치는 여유나 지성 등 모든 것이 천상계였다.

너무나도 급이 다른 여성이라서 평범하게 살아가면 평생 만날 일이 없는 타입이라고 해야 할까.

눈이 번쩍 뜨이는 미인이라는 표현이 실제 존재한다는 것을 텐조 선생님 덕분에 깨달았다.

다만 내가 텐조 선생님께 관심을 두게 된 것은 외모 때문만은 아니었다.

가장 처음 매료된 순간을 나는 지금도 기억한다.

입학한 지 얼마 되지 않았던 어느 날, 수학 선생님은 마침 당번이었던 내게 숙제였던 학습지를 모아 오라고 시키셨다. 교무실로 가져갔지만, 정작 수학 선생님의 모습은 보이지 않았다.

대신 혼자 진지한 표정으로 책상 앞에 앉아 있는 선생님께 시선을 빼앗겼다.

그분이 바로 텐조 레이유 선생님이셨다.

교무실임에도 불구하고 텐조 선생님의 옆모습에 넋을 잃어 움직일 수 없었다.

나와 나이 차이가 크게 나지 않는 여성이 진지하게 일하는 모습이 멋있어 보였다.

선뜻 말을 거는 것조차 주저하게 될 만큼 무언가에 몰두할 수 있다는 게 부러웠다.

그 진정성이 존경스러웠다.

굳이 말하자면 나는 무언가를 미친 듯 열심히 하는 타입이 아니라서 동경하게 된 것이다.

그리고 저 정도의 미모를 장착한 사람이 교직을 선택한 게 신기했다.

온갖 마음이 잇달아 솟구쳐 흥미가 사라질 기미가 보이지 않았다.

다시 말해 난 텐조 선생님이 열심히 노력하는 모습이 사랑스럽게 느껴졌다.

"무슨 용건 있니?"

내 시선을 눈치챈 텐조 선생님이 얼굴을 들었다.

텐조 선생님의 질문에 어떤 식으로 말했는지는 잘 기억이 나지 않는다.

횡설수설하면서도 어찌어찌 용건을 설명한 것 같다.

텐조 선생님은 웃으시면서 가르쳐 주셨다.

"수학 선생님 자리는 저기야."

별 의미 없는 사무적인 대화.

그럼에도 나에게는 그것이 단둘이 처음으로 대화한 순간이었다.

그 후로 난 텐조 레이유 선생님을 아이돌처럼 동경의 대상으로 마음에 품게 되었다.

이렇게 젊고 용모가 빼어난 텐조 선생님이 올해 2학년 C반의 담임이 된다는 걸 알았을 때 반 전체가 환희의 소용돌이에 휩싸였다. 물론 나도 그중 한 명이었다.

조용히 있을 땐 초절세 미인, 입을 열면 싹싹한 누님.

어차피 1년 동안 함께해야 하니 무서운 선생님보다는 지금의 텐조 선생님이 좋았다.

그리고 1학기 첫 자리바꿈 결과, 나는 텐조 선생님 정면에 앉게 되었다.

"니시키 군."

나는 되도록 자연스럽게 대답했다.

"네."

텐조 선생님은 동요하는 기색 없이 다음 학생의 이름을 불렀다.

평상시와 다름이 없었다. 딱히 이상한 점도 느껴지지 않았다. 나만 설레발친 건가?

현재로서는 모르겠다.

그래서 어젯밤 사건이 나만의 착각인지 확실히 하기 위해 몇 가지 작전을 생각했다.

작전 1, 텐조 선생님을 자세히 관찰한다.

색소가 연한 긴 머리카락이 창을 통해 쏟아져 들어오는 햇빛에 비쳐 투명하게 빛났다. 자체 발광하는 듯한 하얀 피부는 생기가 넘쳤다. 곧게 뻗은 높은 콧대는 작은 얼굴 중앙에 있고, 커다란 눈은 보석처럼 반짝이며, 입술은 반들반들 윤이 났다. 미의 여신이 최고의 밸런스로 배치해 준 것이 틀림없다.

하얀 블라우스에 연한 파란색 카디건을 걸치고 타이트한 롱 스커트를 매치한 옷차림. 텐조 선생님은 심플한 아이템을 조합해 비즈니스 캐주얼 분위기를 자아내면서 지적인 섹시함과 산뜻한 인상을 주고 있었다.

수영부 고문답게 등줄기가 곧게 뻗은 자세도 수려함 그 자체였다.

텐조 레이유 선생님은 교사치고는 지나치게 외모가 아름다웠다.

"오늘 하루도 힘내자!"

연락 사항 전달을 끝으로 텐조 선생님은 아무 일도 없었다는 듯 교실을 떠났다.

헐, 넋 놓고 보는 사이에 조례가 끝났다.

"흠. 어젠 내가 잘못 본 걸까?"

어쩌면 옆집 주민은 텐조 선생님이 아니라 예쁘장하게 생긴 다른 사람일지도 모른다.

잠시 대화를 나눈 게 전부라 텐조 레이유 선생님이 분명하다는 확신이 어쩐지 흔들리려 했다.

하지만 내 마음은 타인설을 부정했다.

내가 신음하고 있을 때 지각한 여학생, 쿠호인 아키라가 책상 앞을 지나려 했다.

지각한 전 육상부 에이스는 기가 세 보이는 얼굴에, 눈에는 졸음이 가득했고, 입에는 막대 사탕의 손잡이가 삐져나와 있었다. 당당하다기보다 뻔뻔했다. 이 학교에서 보기 드문 불량스러운 분위기를 자아내는 여학생인데, 어째서인지 남몰래 연모하는 남학생들이 많았다.

"......"

정신을 차리고 보니 지나갔어야 할 쿠호인이 눈앞에 멈춰 서 있었다.

"안녕, 쿠호인. 오늘도 간부 출근이네."

"갑자기 말 걸지 마."

쿠호인은 눈을 번뜩이며 나를 흘겨보더니 창가에 있는 자기 자리로 재빠르게 향했다.

작전 2, 빙빙 돌려 슬쩍 떠보기.

4교시가 일본사 수업이라 텐조 선생님이 다시 교실로 오셨다.

텐조 선생님의 담당 과목인 일본사는 학생들 사이에서도 인기가 많았다.

역사적 사실을 알기 쉽게 설명해 주는 것은 물론이고, 많은 인물을 하나하나 인상적으로 묘사해 줘서 이름이 머릿속에 쏙쏙 들어왔다. 유행하는 역사물 콘텐츠나 뉴스 등의 재밌는 화제도 섞어서 풀이해 주시기 때문에 역사에 흥미가 없는 사람도 이해하기가 쉬웠다.

"……니시키 군, 손이 멈췄네. 제대로 필기하고 있니?"

날 부르는 소리에 노트가 백지상태인 것을 깨달았다.

자리의 입지를 이용해서 질문할 기회를 노리고 있던 탓에 필기를 소홀히 한 것이다.

"금방 쓸 테니까 지우지 마세요!"

맨 앞자리의 시야는 교단에 서 있는 교사와 칠판으로 거의 꽉 찬다.

자리가 자리인 만큼 텐조 선생님이 앞에 계실 때면 특히나 손이 멈추기 십상이다.

텐조 선생님의 얼굴은 한없이 쳐다봐도 질리지 않으니까.

"맨 앞줄이면 잘 안 보이지? 조금 더 기다려 줄게. 아직 다 안 쓴 사람들도 얼른 적어."

텐조 선생님은 평소처럼 한숨 돌릴 시간을 주셨다.

"레이유 쌤이 너무 예쁘니까 남자애들은 특히 집중이 안 될 거예요—."

반에서 눈에 띄는 여자 그룹의 중심인물인 마유즈미 리리카는 선생님께도 완전히 친구를 대하는 듯한 말투였다.

인싸 마유즈미의 화장은 그림으로 그린 듯한 갸루였다.

검고 긴 머리를 양 갈래로 묶고 보라색 이너 컬러를 넣어 염색했다.

화려한 외모처럼 텐션이 높아 장난도 잘 치고 앞뒤가 없는 성격에 말주변이 좋아 친구가 많았다. 학급 히에라르키[#4]의 정점에 있지만, 뭐든 재미있어하는 개방적인 성격이라 반에서 끼리끼리 뭉친 그룹 같은 건 개의치 않고 어울리는 아이였다.

리얼충[#5] 그룹과 말을 섞는 건 물론이고, 우등생 그룹과 공부하고, 체육계 그룹과는 열정을 불태우고, 애니메이션이나 게임과 관련된 화제는 오타쿠 계열 그룹과 열변을 주고받았다.

좋은 소식은 오타쿠에게 상냥한 갸루가 실제로 존재한다는 것!

그런 마유즈미가 진심으로 존경하는 사람이 바로 담임인 텐조 레이유 선생님이었다.

마유즈미와 마찬가지로 여학생들은 쉬는 시간이나 방과 후에 텐조 선생님 주변에 우르르 몰려들어 그 아름다움의 비결을 묻거나 연애 상담을 했다.

"그렇지 않아. 남학생들이 얼마나 공부를 열심히 하는데. 질문도 자주 하러 오고."

"레이유 쌤이랑 얘기하고 싶어서 그런 것뿐이에요."

마유즈미는 웃는 얼굴로 남자들의 수줍은 적극성을 간파했다.

#4 히에라르키 서열 관계가 정돈된 피라미드형 체계.
#5 리얼충 리얼(현실)에 충실한 사람을 가리키는 인터넷 속어.

그만! 구실이 없이는 말도 못 거는 남자들의 새가슴을 들추지 말아 줘.

나는 정곡을 찔린 남학생들이 가슴을 움켜쥐는 기척을 등 뒤로 느꼈다.

"공통의 관심사가 있으면 대화의 물꼬를 트기 쉽지. 공부, 연애, 일 등 어떤 주제를 놓고도 티키타카가 잘되면 대화가 즐겁잖아."

그 누구도 부정할 수 없는 단어 선택과 설득력 있는 솔직한 화법.

이것이 바로 텐조 선생님이 남녀를 불문하고 인기가 많은 진짜 이유이리라.

"그나저나 니시키 군은 필기 다 했니?"

무의식중에 감탄하고 있던 나에게 텐조 선생님이 확인차 물으셨다.

"죄송해요, 아직요."

"집중 안 할래? 너무 빤히 쳐다보잖아. 뭐 이상한 데라도 있어?"

텐조 선생님은 본인의 옷매무새를 확인했다. 그 별것 아닌 동작마저 요염했다.

어쩜담. 생뚱맞지만 여기서 어젯밤 일을 물어볼까?

"……."

"왜 아무 말도 안 해. 불안하잖아."

"아뇨, 아무것도 아니에요. 선생님 미모에 넋이 나가서 그래요."

나의 농담 같은 발언에 반 전체가 폭소했다.

"거 보세요, 역시."

마유즈미의 경쾌한 목소리가 울려 퍼졌다.

냉정하게 생각해 보면 수업 중에 슬쩍 떠보는 건 악수(惡手)다.

옆집 주민이 정말 선생님일 경우에 그 사실이 반 아이들에게 알려지는 건 나는 물론 텐조 선생님께도 좋지 않다.

"공과 사는 확실히 구별해."

텐조 선생님은 익숙하다는 듯 내 발언을 가볍게 흘려 넘겼다.

"근데 다른 일로 상담하고 싶어요."

나는 손을 움직이면서 상담할 일이 있다고 툭 던져 보기로 했다.

"무슨 고민 있어?"

"사실 여기 앉아 있으면 수업 중에 대놓고 졸기 어려워서요."

"……니시키 군, 배짱이 두둑한데?"

그러자 텐조 선생님이 웃음을 터뜨리셨다.

말과는 다르게 화가 난 것 같진 않았다.

"선생님의 일본사 수업은 재밌으니까 안 자요."

"나뿐만 아니라 모든 수업 시간 때 깨어 있어야지."

"수면 시간 확보는 중요해서요."

"그건 맞는 말이야."

텐조 선생님이 내 말을 크게 공감해 주셨다.

"선생님, 잘 못 주무세요?"

"일하는 대부분의 어른은 수면 부족에 시달려."

텐조 선생님은 사회인을 대표하듯 투덜거리셨다.

"어른이나 아이들이나 건강한 생활을 해야 해. 수면, 운동, 식사, 휴식까지 모두 소중하지. 그렇지 않으면 중요한 판단을 그르칠지도 몰라."

반 전체를 향해 외치자, 텐조 선생님을 좋아하는 반 아이들이 예의 바르게 대답했다.

"그런 이야기를 들으면 일하기 싫어져요."

"언제까지 고등학생으로 살 수 없잖아."

"선생님이라면 교복만 입어도 충분히 JK#6로 보여요."

여고생 교복을 입은 텐조 선생님을 상상해 보았다.

음, 현역 JK라고 해도 의심 없이 믿을 정도로 무지 잘 어울린다.

돌겠다. 보고 싶다.

"지금 놀리는 거야?"

빈정이 상한 듯한 선생님은 몸을 앞으로 내밀고 내 얼굴을

#6 JK 여자 고등학생의 일본어 발음인 조시코세이(joshikosei)를 알파벳으로 적고, 이것의 앞머리를 딴 약자.

빤히 들여다보았다.

얼굴이 가까워지자 나는 눈을 아래로 깔았다.

시선을 피한 곳에는 훨씬 자극적인 광경이 기다리고 있었다.

터질 듯한 블라우스 아래에 있는 출렁일 만큼 탐스럽게 영근 두 개의 과실이 압도적인 존재감을 드러내고 있던 것이다. 선생님보다 가슴이 큰 동급생은 없을 것이다.

정말 어른미가 넘친다.

게다가 허리를 굽힌 본인은 눈치채지 못했지만, 선생님의 풍만한 가슴은 몸이 앞으로 기운 탓에 교탁에 눌려 그 부드러움과 질량을 한층 강조하고 있었다.

강렬한 자극.

"너무 나이를 의식하지 않아도 된다는 뜻이었어요. 사람은 누구나 마음속에 어린아이 같은 부분이 있잖아요."

4월생인 나는 열일곱이 되었다. 텐조 선생님은 아직 스물두 살.

이런 시시한 대화에도 맞장구를 쳐 주시는 덕에 나이 차이를 별로 못 느꼈다.

"현재 진행형인 10대 남학생에게 그런 말을 들어 봐야 뭐 하겠니."

몸을 일으키자 흔들리는 흉부. 음, 역시 고등학생이라고 하기에는 발육 상태가 지나치게 좋아.

"선생님은 동심으로 돌아가는 순간이 없으세요?"

"예를 들면?"

"어릴 때부터 좋아하는 음식을 먹을 때라던가? 선생님은 뭘 좋아하세요?"

"딸기 좋아해."

텐조 선생님은 질문을 듣자마자 대답했다.

"이런 우연이 있다니. 저도 딸기 좋아해요. 마침, 어젯밤에 옆집 주민에게 딸기를 얻었는데 먹어 보니 엄청 맛있었어요."

난 기다렸다는 듯이 어젯밤 사건을 에둘러 티 냈다.

"―잡담이 너무 길었네. 자, 수업하자."

텐조 선생님은 할 말이 많은 표정으로 부자연스럽게 이 화제를 마무리 짓고, 칠판 일부를 지웠다.

그 반응은 실로 수상쩍었다.

작전 3, 신데렐라가 떨구고 간 유리 구두 반납하기.

일본사 수업 때 보인 반응으로 짐작건대 옆집 주민의 정체는 거의 텐조 레이유 선생님이 확실했다.

그래서 최후의 쐐기를 박고자 강경 수단을 쓰기로 했다.

사실 어젯밤 옆집 주민이 떨어뜨린 샌들을 학교에 들고 왔다.

점심시간이 되었을 때 나는 그것을 지참하고 교무실을 찾았다.

"실례합니다. 텐조 선생님. 잠시 시간 좀 내주실래요?"

"니, 니시키 군?!"

텐조 선생님은 내가 나타나자, 의자에서 굴러떨어질 정도로 놀라셨다.

그리고 내가 샌들을 넣은 종이 가방이 어젯밤 딸기를 넣었던 백화점 종이 가방이라는 것을 금방 눈치챘다.

"학생 지도실 좀 사용하겠습니다. 니시키 군, 따라와."

텐조 선생님은 굳은 표정으로 내 팔을 당기며 교무실 옆에 있는 학생 지도실로 끌고 갔다.

"무슨 생각으로 이러는 거니?"

찰칵.

손을 뒤로 돌려 문을 확실히 잠근 텐조 선생님이 이쪽을 노려보았다.

"뭐가요?"

"날 협박할 셈이야?"

텐조 선생님은 목소리를 죽이면서 화를 냈다.

"협박은 무슨. 저는 잊고 가신 물건을 가져다드리려고 왔을 뿐이에요. 돌려드리면서 선생님이 옆집 주민인지 확인하려고요."

텐조 선생님이 지도실 중앙에 놓인 긴 책상을 사이에 두고 양쪽으로 놓인 의자 한쪽에 먼저 앉았다.

"현관문 손잡이에 걸어 두면 되잖아! 왜 학교까지 들고 오는 건데?!"

"그럼, 텐조 선생님이 저희 옆집에 사시는 거 맞네요?"

"앗?!"

내가 재차 확인하자 텐조 선생님이 숨을 삼켰다.

역시 내가 잘못 본 것이 아니었다.

"넌 얌전하게 생겼는데 의외로 대담하구나? 놀랐어."

"민폐를 끼쳤다는 것쯤은 알아요. 하지만 샌들이 한쪽뿐이면 불편하시잖아요?"

"그런 문제가 아니라니까."

동요를 감추지 못하는 텐조 선생님은 교실에서 보여 줬던 어른의 여유가 눈곱만큼도 없었다.

"아뇨. 우린 실제로 엄청난 문제에 직면해 있어요. 선생님께서 어젯밤에 도망치신 건 정체를 숨기고 싶어서 그러셨던 거죠?"

"……당연하지."

텐조 선생님은 이제 와서 무슨 소릴 하느냐는 투로 팔짱을 꼈다.

"비밀로 해 두고 싶으신 마음은 잘 알겠어요. 하지만 냉정하게 생각해 보세요. 매일 옆집에 사는 선생님을 신경 쓰면서 졸업할 때까지 지내는 건 솔직히 죽을 맛이라고요."

암만 그래도 벽 한 장 너머에 담임이 살고 있다는 건 교류가 전혀 없다 해도 영 불편하다.

"그건 나도 마찬가지거든."

"알게 된 이상 이웃끼리 사생활을 지키기 위해서라도 최소한의 대화는 해야 해요. 선생님도 남자 친구가 자고 간 날 아침에 저랑 우연히 마주치기라도 하면 어색하잖아요?"

나도 그런 상황에 직면하는 건 싫다. 가슴이 부글부글 끓는다.

"남자 친구 같은 거 없거든!"

텐조 선생님은 어째서인지 귀까지 빨개지셨다.

선 넘는 상황을 예로 들긴 했지만, 생각보다 반응이 격렬했다.

"아, 그러세요?"

솔직히 궁금하긴 했지만, 이 이상 캐묻는 건 실례라고 생각해서 깔끔히 흘려버렸다.

하지만 나는 텐조 선생님께 남자 친구가 없다는 사실에 안심했다.

"신데렐라에 나오는 왕자님도 아니고, 설마하니 신발 주인을 찾아오는 사람이 현실에도 있을 줄이야."

텐조 선생님은 포기했다는 듯 반대쪽 자리에 앉았다.

"그런데 선생님, 구체적으로 말인데요."

"서두르지 마."

그리고 「워~ 워~」 하고 말하는 듯 손을 앞으로 내밀었다.

"—여긴 학교니까 사적인 이야기는 학교 밖에서 하자."

일과 사생활은 완전히 별개라는 떳떳한 태도로 명확히 선을 긋는 텐조 선생님이었다.

"알겠어요. 그럼, 언제로 할까요? 제가 선생님 일정에 맞출게요."

나로서는 될 수 있는 한 빨리 상황을 정리하고 싶지만, 선생님은 일도 바쁘실 테고 데이트를 신청하는 사람도 많겠지.

"음—. 그럼…… 글쎄, 언제가 좋을까?"

텐조 선생님이 말끝을 흐렸다.

"……혹시 또 도망치시려는 거예요?"

"그런 짓 안 해."

이윽고 텐조 선생님은 정곡을 찔린 모양인지 노골적으로 시선을 피했다.

"모양 빠지게 왜 그러세요. 각오 단단히 하세요."

"알았어, 가면 될 거 아니야! 좋아! 오늘 밤에 너희 집으로 갈게! 대신 잔업 때문에 늦을 테니까 그건 봐줘."

이렇게 기합을 넣을 정도의 일인가.

"오시기만 하면 괜찮아요. 혼자 살아서 시간에 구애받지 않거든요."

"뭐? 고등학생인데 혼자 산다고?!"

내가 고개를 끄덕이자, 텐조 선생님의 얼굴이 점점 더 험악해졌다.

"저기 혹시나 해서 물어보는 건데요. 남자 혼자 사는 집에 오는 게 내키지 않으세요?"

"교사랑 학생인데! 그런 걸 의식할 리 없잖아!"

텐조 선생님이 말을 잘라 가면서까지 부정했다.

하긴 제자인 나를 남자로 봐줄 리 만무하지.

"이 문제는 사고방식 자체를 바꿔 보죠. 선생님은 우연히 근처에 사는 제자의 상담 신청에 응하시는 것뿐이에요."

"상담이라고?"

"텐조 선생님, 사실 옆집 주민과의 거리감 때문에 고민하고 있거든요. 제발 도와주세요."

나는 심각한 얼굴로 털어놓아 보았다.

"오케이. 난 어디까지나 학생의 상담 신청에 응했을 뿐이야. 그래, 임시 가정 방문 같은 거지!"

텐조 선생님은 스스로를 납득시키듯 말했다.

"좋아. 아무튼 오늘 밤에 확실히 정하자."

"알겠습니다. 먼저 신발부터 돌려드릴게요."

나는 공손히 종이 가방을 내밀었다.

"일단 고마워."

마지막에 확실하게 예를 갖추는 태도만 봐도 텐조 선생님이 고지식한 사람이란 걸 알겠다.

이로써 우리 옆집 주민이 텐조 레이유라는 사실이 확정되었다.

나는 학교에서 귀가해 실내를 대충 정리하고 저녁 준비에 돌입했다.

오늘 저녁 메뉴는 카레라이스이고 사이드 메뉴는 샐러드와 수프.

요리가 완성되었을 즈음 때마침 초인종이 울렸다.

나는 현관을 향해 작은 심호흡을 한 뒤 천천히 문을 열었다.

"안녕, 니시키 군."

텐조 선생님은 다소 딱딱한 표정으로 그곳에 서 계셨다.

"안녕하세요. 선생님."

나는 가능한 한 자연스러운 척했다.

"늦어서 미안해."

"아니에요. 신경 쓰지 마세요. 그런데…… 긴장하셨어요?"

학교에서의 자신만만한 모습은 온데간데없고, 텐조 선생님은 어딘지 모르게 주뼛거렸다.

"뭐?! 아, 아니야. 평소랑 똑같아!"

텐조 선생님이 양손을 흔들면서 부랴부랴 부정했다.

"한밤의 가정 방문이라 진정이 안 되세요?"

"요상하게 말장난하지 마라."

텐조 선생님은 입을 삐죽 내밀었다.

"일단 확인부터 할게! 몰래카메라라든가, 질 나쁜 장난질은 아니겠지?"

내 농담은 무시한 채, 본인도 집요하단 걸 알면서도 신중한 표정으로 물었다.

"이 102호는 명명백백히 제가 사는 자취방이에요."

"난 103호. 그 말인즉……."

"우리는 100퍼센트 이웃 주민이란 거죠."

내가 결론을 말하자 텐조 선생님이 머리를 감쌌다.

"학생이 옆집에 살다니 이런 말도 안 되는 해프닝이 어디 있어!"

텐조 선생님은 울 듯한 목소리로 외쳤다.

"와─. 이런 일도 다 있네요."

나는 기적 같은 우연에 웃을 수밖에 없었다.

"웃을 일이 아니야! 어쩌지?!"

"그걸 얘기하려고 오셨잖아요."

"니시키 군. 넌 왜 아무렇지도 않아?"

텐조 선생님은 본인과의 온도 차가 불만인 모양이었다.

잔뜩 골난 표정을 지어도 귀여운 인상을 풍겼다.

연상인데도 사랑스럽다.

"그야 담임 선생님이 옆집에 산다는 건 놀랄 일이지만, 남자
로서는 근처에 미인이 살아서 운이 좋다고 생각하고 있어요."

난 솔직히 대답했다.

"태평하네."

"아니에요. 확신이 없어서 낮에 계속 관찰했어요."

"너, 날 너무 쳐다보더라! 속으로 얼마나 진땀을 흘렸는지
알아?"

전혀 그렇게 보이지 않던데.

"업무 모드를 유지하시다니 대단하시네요. 그런 부분 정말
멋있어요."

"니시키 군. 너 진짜 말 잘한다."

"어머니가 칭찬은 되도록 본인에게 직접 하라고 엄하게 가

르치셨거든요."

"좋네. 그 사고방식은 나도 찬성이야."

공감 포인트를 발견해서 그런지 텐조 선생님의 표정이 아까보다 풀어졌다.

"……긴장이 조금 풀리신 것 같네요."

"혹시 일부러 날 놀린 거야?"

"어른한테 스스럼없이 말하는 거 꽤 조마조마하네요."

나는 가볍게 어깨를 으쓱했다.

"못났어, 정말. 어린애를 신경 쓰이게 하다니. 나도 아직 멀었네."

텐조 선생님이 한숨을 내쉬었다.

나른하게 어처구니없어하는 표정이 왠지 모르게 요염하게 느껴졌다.

"그래서 넌 언제부터 여기 살았어?"

텐조 선생님은 화제를 바꾸어 이야기를 진행하려고 했다.

"고등학교에 입학했을 때부터요. 1년도 훨씬 전부터 여기 살았어요."

"나도 취직이 결정된 후에 이 아파트로 이사 왔어."

"뭐, 통학을 생각해서 방을 찾다 보니 이 정도 구역쯤 되더라고요."

"아무리 그래도 역 근처인 것도 모자라 같은 아파트라니. 지금까지 마주치지 않았던 게 신기할 정도야."

"누가 아니래요."

나는 격하게 동의했다.

"난 솔직히 네가 졸업할 때까지 몰랐다면 더 좋았을 것 같아."

"하지만 알게 된 이상 무시할 수는 없어서 오신 거죠?"

"네 말도 일리가 있으니까."

텐조 선생님이 포기했다는 듯 말했을 때 배꼽시계가 울렸다.

"계속 서서 얘기하기도 뭣한데 저희 집에서 밥이라도 먹으면서 얘기하실래요?"

아무리 초봄이라고 해도 밤에는 아직 춥다. 감기라도 걸리면 큰일이다.

"아, 하지만."

텐조 선생님이 망설이는 건 당연하다.

내가 텐조 선생님 입장이라도 쉽게 대답하지 못하리라.

단지 남자인 내가 여성인 텐조 선생님 댁으로 가는 것보단 낫잖아.

"오늘 저녁은 카레라이스예요. 카레 싫어하세요?"

"카레는 엄청 좋아하지만……."

"잔뜩 만들었으니까 사양하지 마세요. 배가 고프면 차분하게 얘기할 수 없잖아요."

"그래도 역시 안 돼."

"딸기에 대한 답례라고 생각하세요."

"답례는 됐다고 했잖아."

텐조 선생님도 머리로는 대화의 필요성을 알고 있어서 확실히 거절하지 못했다. 다만 심리적 부담이 높은 것은 당연했다.

"먼저 말씀드리는데 제가 원하는 건 지금까지처럼 평온한 생활이에요. 선생님을 협박해서 어떻게 해 보겠다는 그런 버러지 같은 생각은 처음부터 하지 않았으니까 안심하세요."

나는 텐조 선생님의 거부감을 덜어 드리려고 내가 얼마나 안전한 인간인지 증명했다.

"정말~?"

그러자 텐조 선생님이 의심의 눈길을 보냈다.

"손가락 하나 안 건드릴게요."

나는 즉시 대답했다.

그야 나도 남자다.

여성이 자기 집으로 찾아왔는데 달콤한 전개를 기대하지 않는다면 거짓말이다.

하지만 난 막무가내도 아니고 막상 그렇게 됐을 때 잘할 자신도 없다.

다만 꿈 정도는 꿔도 벌 받지 않겠지.

"알겠어. 널 믿어."

텐조 선생님은 그제야 경계를 풀고 꾸밈없는 미소를 보여 주었다.

"……."

가까이에서 보는 환한 미소가 심장을 덜컹거리게 했다.

가슴이 두근거렸다.

눈이 부셔서 똑바로 바라볼 수 없어진 나는 풀어질 것 같은 입가를 손으로 가리면서 고개를 돌렸다.

"들어오세요."

"……실례, 합니다."

텐조 선생님은 머뭇거리며 현관으로 들어와 어색한 동작으로 신발을 벗었다.

내 자취방에 텐조 선생님이 들어오셨다.

"어머, 깔끔하게 해 놓고 사네. 현관이나 복도에도 먼지 하나 없다니 대단해!"

텐조 선생님은 흥미롭다는 듯 관찰했다.

"손바닥만 한 원룸이라 민망하네요."

"옆집에 사니까 나도 알거든. 구조도 완전 똑같네."

"그런가요?"

내 생활 공간에 젊은 여성이 있는 것만으로도 두근거렸다.

"언제라도 여자를 부르려고 이렇게 깨끗하게 하고 사는 거야?"

텐조 선생님의 말씀에 뼈가 있었다.

"아쉽게도 집으로 부를 여자가 없네요."

"정말? 니시키 군 정도면 여자 친구가 있을 것 같은데."

"사귀는 사람이 있으면 당연히 다른 여성을 집으로 부르지 않았겠죠."

"오, 신사적이네. 기특해. 너랑 사귀는 여자는 안심해도 되겠어."

나는 복도에 있는 부엌에 서서 선생님 몫의 저녁을 준비했다.

"선생님, 편히 앉아 계세요."

"뭐 좀 도와줄게."

선생님은 무료하다는 듯 방과 복도의 경계에 머물러 있었다.

"접시에 담기만 하면 돼서 딱히 할 게 없어요. 아! 카레나 밥은 얼마큼 드릴까요?"

"그럼 곱빼— 아니야, 그냥 보통으로 줘."

소녀의 부끄러움일까, 어른의 배려일까.

텐조 선생님이 무심결에 튀어나온 곱빼기를 정정했다.

"알겠습니다. 곱빼기로 드릴게요."

속마음을 간파하고 접시를 꺼내 밥솥 뚜껑을 열었다.

"인간은 움직인 만큼 에너지 보충이 필요하거든! 방과 후 착실히 수영 지도를 한 후에 아무것도 못 먹었다고."

밤 9시가 지나면 공복이 되는 건 당연한 건데, 텐조 선생님이 말씀하시는 걸 들어 보니 본인이 수영을 직접 하면서 가르치시는 모양이다.

"고문도 물속에 들어가요?"

당연히 수영장 가장자리에 서서 헤엄치는 아이들을 지도하거나 안전을 확보하는 등의 감독 업무가 메인이라고 생각했다.

시범을 보여 주기 위해 직접 헤엄치시는 걸까?

"내가 헤엄치는 걸 좋아해서 그래. 덕분에 체형도 유지되고."

텐조 선생님은 득의양양한 얼굴로 본인의 스타일을 과시하듯 허리에 손을 얹었다.

본인의 말처럼 슬림하면서도 굴곡이 있는 여성적인 아름다운 곡선이 강조됐다.

"선생님, 평소에 저녁은 잘 챙겨 드세요?"

접시에 백미를 봉긋하게 담는다.

"가능하면 매일 차려 먹고 싶지만, 최근에는 밖에서 먹거나 사 와서 먹어."

"사회인이 평일에 집안일을 한다는 건 무척 어렵죠."

"집과 직장을 오갈 뿐인 생활이 지긋지긋한 데다가 집안일이 제대로 되어 있지 않은 집에 있으면 괜히 더 마음이 삭막해져."

텐조 선생님은 아마도 깔끔한 걸 좋아하시는 듯했다.

그런 사람이 이렇게까지 한탄하는 걸 보니 현재 상당히 코너에 몰린 상태인 모양이었다.

"집이라는 게 가만히 둬도 더러워지기 마련이지만 무턱대고 정리할 수도 없으니까요."

"맞아! 특히 사회인은 시간이 너무 없어."

일하는 어른, 텐조 선생님은 시간 부족을 진심으로 개탄하고 있었다.

"제대로 쉬긴 하세요? 주말에 놀러 간다든가 취미에 몰두한다든가."

"쉬는 날에는 체력을 회복하는 것만으로도 벅차……."

그렇게 말하는 텐조 선생님의 눈이 텅 비었다.

"수면은 3대 욕구 중 하나인데요."

난 어쩐지 걱정이 되었다.

그러고 보니 오늘 일본사 수업 때도 수면 부족 이야기가 나왔을 때 선생님은 격하게 공감했었다.

"요즘은 사회 전체가 암흑이야. 이젠 자는 것 자체가 최고의 사치일지도 몰라."

죽은 눈으로 씁쓸한 미소를 지은 후 텐조 선생님은 본래 모습으로 돌아왔다.

"─학생을 앉혀 놓고 투덜거리면 어쩌자는 건지. 미안해. 전부 못 들은 걸로 해."

이미 늦었거든요.

내가 지금까지 학교에서 봤던 텐조 선생님은 아름답고 자신감 넘치고 항상 미소를 짓고 있는 밝은 사람이었다. 유복한 환경에서 태어나 부족한 것 없이 누리며 사랑받고 성장해 눈부신 인생을 살고 있다고 철석같이 믿고 있었다.

하지만 텐조 선생님 같은 미인도 남들처럼 고민이 있는 것 같았다.

그러한 당연한 사실을 깨닫자, 동경하는 존재가 아주 조금 친근하게 느껴졌다.

"적어도 식욕 정도는 실컷 채우세요."

냄비에서 카레를 듬뿍 떠서 밥에 얹었다.

접시 가장자리에 떨어뜨린 카레를 깨끗한 천으로 닦고 쟁반에 올렸다.

"드세요. 선생님 카레예요. 샐러드랑 수프도 테이블로 가져올까요?"

"우와, 맛있겠다. 사이드 메뉴까지 완벽하네."

텐조 선생님이 저녁 식사를 올려놓은 쟁반을 들더니 텐션이 올라갔다.

나도 내 몫의 카레를 담고 테이블로 가져갔다.

"준비해 줘서 고마워. 니시키 군."

감사 인사를 한 선생님은 쿠션 위에 앉았다.

"……"

나는 그 광경을 뚫어지게 쳐다보고 말았다.

텐조 선생님 같은 미인이 내 자취방에서 식사를 하다니, 너무나도 비일상적이다.

"니시키 군, 왜 그래? 얼른 앉아."

날 부르는 소리를 듣고 자리에 앉았다.

"많이 기다리셨습니다. 맛있게 드세요."

"그럼, 잘 먹겠습니다."

텐조 선생님은 손을 모으고 예의를 갖춰 요리를 맛보았다.

나는 그런 선생님의 반응이 궁금해서 그 모습을 무심코 바라보았다.

긴장되는 순간이었다.

"……니시키 군."

"왜요?"

"빤히 쳐다보지 마."

"네?"

"그렇게 쳐다보면 제대로 먹을 수가 없잖아."

"죄, 죄송해요. 제가 만든 요리를 가족 말고 다른 사람에게 대접한 경험이 별로 없어서요."

"걱정 마. 네 요리 실력은 정성스럽게 담은 이 모양새만 봐도 알 수 있어."

텐조 선생님은 보증서를 쾅쾅 찍는 것처럼 생긋 미소를 지었다.

그리고 첫술을 입에 가득 넣었다.

"—아."

작은 목소리를 흘리면서 텐조 선생님은 눈을 번쩍 떴다.

또한 텐조 선생님의 입술이 순간, 희미하게 아래쪽으로 슬쩍 당겨졌다.

그리고 턱을 작게 움직이면서 천천히 즐기듯 맛본다.

처음으로 음식을 입에 넣은 아기와 반응이 흡사했다.

텐조 선생님은 씹은 음식을 천천히 삼키더니 스푼을 든 채 움직이지 않고, 접시의 카레를 바라본 채 굳어 버렸다.

알 수 없는 긴박감에 나도 움직일 수 없었다.

선생님의 이 반응은 대체 뭐지?

맛이 없었나? 재료가 다 안 익었나? 아닌데, 카레는 자주 만들었으니까 실수했을 리 없어. 아니면 시판용 약간 매운맛 카레 분말이 선생님께는 너무 매웠던 걸까. 하지만 보리차가 담긴 컵에는 손도 대지 않았는데.

"선생님, 입에 안 맞으시면 뱉으셔도 돼요. 세면장은 저쪽이에요."

만에 하나 무슨 일이 있어도 대응할 수 있도록 보리차를 담은 컵과 갑 티슈를 둘 다 내밀려고 했을 때 텐조 선생님이 그제야 입을 열었다.

"엄청 맛있어. 니시키 군, 요리 천재! 이건 몇 그릇이라도 먹을 수 있어!"

그리고 환한 미소로 나를 칭찬하듯 어깨를 두드려 주셨다.

"내일까지 음미하시는 줄 알았어요."

나는 가슴을 쓸어내렸다.

"첫술의 감동을 제대로 느끼고 싶었다고."

그 기세로 기분 좋게 우걱우걱 카레를 먹는 모습은 만든 사람 입장에서는 기쁘기 그지없었다.

"입에 맞아서 다행이에요."

맛있게 드셔 준 덕에 나도 그제야 카레를 먹기 시작했다.

"매일 먹고 싶은 집 밥의 맛이야. 니시키 군이랑 결혼하는 사람은 행복하겠어."

텐션이 올라간 텐조 선생님은 흥분해서 그렇게 말씀하셨다.

"선생님이라면 매일 드실 수 있잖아요."

"워워, 날 꼬시는 거야?"

어른 누님은 나를 놀리는 듯 한쪽 눈을 찡그렸다.

"단순히 옆집에 사니까 먹고 싶으시면 언제든지 오셔도 된다는 의미예요. 텐조 선생님을 꼬시다뇨. 어찌 제가 감히."

나는 오해하지 않도록 보충 설명했다.

"아하하, 농담이야. 네가 이런 연상한테 관심이나 있겠니."

말도 안 된다는 듯 웃으시면서 텐조 선생님은 카레를 계속 드셨다.

"딱히 그렇진 않은데요."

"응?"

"텐조 선생님은 제 이상형에 100퍼센트 부합해요. 호감도 있고, 사귈 수 있다면 기꺼이 사귈 거예요."

나는 내 생각을 숨기지 않고 과감히 밝혔다.

"지, 진지한 얼굴로 무슨 실없는 소릴 하는 거야?!"

텐조 선생님은 놀란 정도가 아니라 부들부들 떨었다.

"어설프게 호의를 숨기려다 의심스러운 행동을 하는 것보다, 처음부터 호의가 있다는 걸 전달하는 게 오해할 일이 적겠죠."

나는 아직 연애의 밀고 당기기가 능숙할 만큼 경험이 많지 않다.

그렇기에, 무섭지만 적어도 착각하지 않도록 솔직해지자고 결심했다.

"고마워. 나도 제자로서 널 좋아해."

"보아하니 우린 서로 좋아하는 것 같네요."

"그래그래."

"이성으로 좋아하셔도 괜찮아요."

"말도 안 돼."

"마음이 달라지실 때까지 기다릴게요."

"너무 적극적인데?!"

"거짓말이 아니니까요."

"……나도 네가 만든 카레가 맛있다고 한 거 진짜야. 립 서비스 아니야."

　텐조 선생님은 어딘가 앞뒤가 어긋난 변명을 하셨다.

"지금은 그걸로 만족할게요."

"완전 직진이구나. 제대로네."

"두고 간 물건을 일부러 가져다주면서 식사에 초대하는 남자예요. 보기 좋게 홈 데이트에 걸려 드셨네요."

"와—. 그 말만 들으면 엄청 날라리 같아."

　나의 뻔뻔한 태도로 인해 텐조 선생님은 진퇴양난에 빠지고 말았다.

"그러니 선생님도 사양하지 마시고 카레를 더 드세요."

"그래도 돼? 그럼 더 먹을게."

텐조 선생님은 대답과 함께 접시에 남아 있던 카레를 싹 먹어 치웠다.

"얼마나 더 드려요?"

"밥은 보통, 카레는 좀 많이 줘."

이번에는 원하는 양을 솔직히 말했다.

천진난만하게 조르는 얼굴이 귀여웠다.

"아―. 맛있게 잘 먹었다. 한동안 못 움직이겠어."

텐조 선생님은 침대에 몸을 기대고 쉬셨다.

늦은 저녁 식사를 끝내고 배부른 상태가 되자 방 안의 분위기가 한가롭게 느껴졌다.

"따뜻한 차라도 타 올까요?"

"극진한 대접이네. 서비스 좋은 호텔에 온 기분이야."

"선생님 댁과 집 구조는 똑같지만요."

나는 과분한 표현에 웃고 말았다.

"집주인이 다르면 집이 주는 느낌도 달라져. 단지 이렇게 편할 거라곤 예상 못 했어."

"쉬고 싶으실 때까지 쉬세요."

"넌 상대를 응석받이로 만드는 타입이네."

"그럴 의도는 없는데요."

"응. 네 태도가 자연스러우니까 나도 편하게 있을 수 있는 것 같아. 마음 편히 쉬는 건 꽤 오랜만이야."

텐조 선생님은 무척 졸려 보였다.

"전, 선생님의 새로운 면을 알게 돼서 기뻐요."

"환멸을 느낀 게 아니고?"

"전혀요. 호감도가 쭉쭉 올라갔는걸요."

"아하하, 완벽한 사람은 옆집에 사는 학생에게 딸기를 나눠 주러 오는 실수를 하지 않겠지."

"실수가 아니라, 이렇게 만날 인연이었던 걸지도 모르죠."

"이웃끼리 상부상조하는 뭐 그런 거? 고전적인 관계성이네."

"피하는 것보단 편해요."

"후후, 학생의 배려가 사무친다, 사무쳐."

"선생님, 일주일 동안 수고 많으셨어요."

"......."

나의 별 의미 없는 한마디에 텐조 선생님은 갑자기 할 말을 잃으셨다.

대화를 접을 타이밍이라고 생각한 나는 빈 접시를 모아 부엌으로 가져가려다가 굳어 버렸다.

"......선생님, 괜찮으세요?"

나는 조심스럽게 말을 걸었다.

"뭐가?"

텐조 선생님은 아직 본인의 이변을 눈치채지 못했다.

"울고 계시잖아요."

나는 말씀드리기가 당혹스러웠지만 알려 드렸다.

텐조 선생님의 매끈하고 하얀 볼에 소리도 없이 눈물방울이 흘러넘쳐 또르르 떨어졌다.

어딘지 모르게 허망한 표정으로 두 눈에서 눈물이 끊임없이 흘러내렸다.

"나, 울어······?"

텐조 선생님은 내 말을 듣고 나서야 겨우 본인이 울고 있음을 눈치챘다.

"어? 왜지? 이상하네."

손가락으로 볼을 훔치는 지금도 왕방울만 한 눈물은 또르르 륵 흐르는 중이었다.

나는 머리맡에 있는 갑 티슈를 집어 텐조 선생님 옆으로 가서 건넸다.

미안하다고 말씀하신 텐조 선생님은 어색한 미소를 지으며 무리하게 어물쩍 넘기려 했다.

그러나 훌쩍거리면서 티슈를 몇 장이나 뽑아 눈가를 닦아도 텐조 선생님의 눈물은 멈추지 않았다.

감정이 몸의 반응을 따라가지 못하는 느낌이었다.

오히려 눈물을 흘리고 있다는 것을 자각하자마자, 울음은 대성통곡으로 바뀌었다.

텐조 선생님은 남 앞에서 울어 버렸다는 수치심과 눈물이 멈추지 않아 혼란스러워하시며 상당히 괴로운 듯 보였다.

"~~~~아아, 나도 참 주책이라니까!"

텐조 선생님은 억지로 기합을 넣으려는 듯 본인을 채찍질했다.

천장을 올려다보며 눈물이 멈추길 바라 보지만, 투명한 물방울은 텐조 선생님의 가녀린 목덜미를 타고 흘렀다.

"울고 싶을 땐 우는 게 좋아요."

나는 여성이 우는 모습을 보고 말았다는 죄책감은 한쪽으로 밀어 두고 그렇게 말했다.

"미안."

텐조 선생님은 이제는 목소리마저 눈물에 젖어 있었다.

"사과하실 거 없어요. 참는 건 괴롭잖아요."

"하지만 난 어른인걸."

제자 앞에서 통곡하는 모습을 보이기 싫은 모양인지, 텐조 선생님은 양팔로 얼굴을 감추려 했다.

"어른이 울면 안 된다는 법률 따윈 없어요."

그러나 내 말을 듣고 또 울어 버렸다.

"저기, 제가 할 수 있는 게 있을까요? 이 마당에 폼 잡아 봐야 뭐 하겠어요."

도저히 가만히 내버려두지 못하겠다. 자연스럽게 그런 마음이 솟구쳤다.

"전부 비밀로 해 줄 거야?"

텐조 선생님은 조심스럽게 물었다.

"네. 우리만의 비밀로 하죠."

"그럼 머릴 쓰다듬어 줘."

귀여운 요청 덕에 연상인 텐조 선생님이 왠지 어린 소녀로 보였다.

"알겠어요."

그 덕에 내가 생각해도 꽤 대담하게 텐조 선생님께 손을 뻗었다.

손바닥에 윤기가 흐르는 머리카락의 감촉을 느끼면서 위로하듯 조심스레 머리를 쓰다듬었다.

"진짜 쓰다듬었네."

"진정이 안 되면 그만할게요."

"그런 말은 안 했어."

"편해지실 때까지 좋을 대로 하세요."

"─윳."

텐조 선생님은 내 손길을 순순히 받아들였다. 가녀린 어깨를 떨더니 도무지 참기 힘들다는 듯 내 어깨에 이마를 댔다. 그 자세로 얼굴을 숨기듯 흐느껴 울었다.

우리는 서로에게 어색하게 안겼다.

그리고 나는 텐조 선생님의 눈물이 멈출 때까지 잠자코 머리를 계속 쓰다듬었다.

"니시키 군, 많이 기다렸지? 이제 들어와도 돼."

선생님의 부름에 복도에 나와 있던 나는 방으로 돌아갔다.

눈물은 그쳤지만, 선생님께서 마음을 추스르실 때까지 잠시 자리를 피해 드렸다.

"차를 새로 끓였는데 괜찮으시면."

"응, 고마워."

울다 지친 탓인지 반응이 꽤 차분했다.

텐조 선생님의 눈가가 새빨갛다. 근처에 있는 쓰레기통은 티슈로 가득 차 있었다.

텐조 선생님은 따뜻한 차가 담긴 머그잔을 두 손으로 감싸고 후우 후우 식혔다.

나도 옆에 앉아 차를 마시면서 선생님이 말씀을 꺼내실 때까지 잠자코 기다렸다.

"조금 전엔 못 볼 꼴을 보였어. 부탁인데 다 잊어 줘."

잠시 후 텐조 선생님은 입을 여셨다.

"선생님이 제 자취방에 있는 것 자체가 비밀이니까 아무에게도 말 안 해요."

의심받으면 곤란하니까 말하지 않을 거고, 어차피 말한다고 해도 아무도 믿지 않는다.

"그렇구나. 아—. 여기서 하는 얘기가 비밀이라 다행이야. 아깐 내가 어떻게 됐었나 봐—."

선생님은 부자연스럽게 밝은 목소리로 말씀하셨다.

하지만 울었던 탓에 목소리가 쉬어 버렸다. 허세라는 게 다 보인다.

"뭐 좀 물어봐도 돼요?"

"물어봐."

"왜 우셨어요?"

나는 단도직입으로 묻는다.

"궁금해?"

"물론이죠. 선생님에 대해선 뭐든 알고 싶어요."

"그건 의미가 좀 다른데?"

"이유를 못 들으면 고교 생활에서 가장 기억에 남는 일이 제 자취방에서 우신 선생님의 머리를 쓰다듬은 일이 되거든요."

나는 텐조 선생님이 넘어가려는 부분을 일부러 들췄다.

"그건 노 카운트! 노 카운트! 잊어! 마음이 약해지면 괜히 남에게 의지하고 싶어지잖아! 나도 경솔했다고 생각하는데 어쩔 수 없었어! 깊은 의미나 딱히 너한테 특별한 감정이 있어서 그런 게 아니라…… 앗?!"

텐조 선생님은 횡설수설하면서 필사적으로 변명했다.

"저야말로 불쾌한 경험을 하게 했다면 죄송해요."

"니시키 군……."

"용서해 주신다면 비긴 걸로 하는 건 어때요?"

그래서 내가 부탁하는 형태로 마무리 지으려 했다.

텐조 선생님은 동의하는 대신 자신이 왜 울었는지 말하기 시작했다.

"네가 복도에서 기다리는 동안 왜 울었는지 생각해 봤어."

"대답이 나왔어요?"

"네가 해 준 요리에 감동했기 때문이야."

"놀리지 마세요."

"진짜야."

텐조 선생님은 속삭이듯 털어놓았다.

"……다른 사람이 만들어 준 음식은 오랜만이었거든."

"네?"

내가 요점을 파악하지 못하자 텐조 선생님은 이야기를 이어 갔다.

"그 왜, 밖에서 프로가 만든 카레도 맛있지만, 집에서 만든 카레는 완전 다른 거잖아."

"그야 재료도 설비도 기술도 다르니까요."

"응. 하지만 오늘 네가 만든 요리를 먹었을 때 어찌나 마음이 편안해지던지. 그래서였을까. 정신을 차리고 보니 눈물이 멈추질 않는 거야."

텐조 선생님은 어딘지 후련한 표정이었다.

"네가 만든 요리는 나한테 친절했어. 평범한 사람이 만든 소박한 식사가 따뜻하고 기뻐서 점점 마음이 열렸던 것 같아. 그리고 네가 수고했다고 말했을 때 쐐기가 박힌 거야. 열심히 노력한 나를 누군가가 인정해 주길 바랐던 거지."

텐조 선생님은 쑥스러워하시며 털어놓았다.

"계속 긴장하며 지내셨던 거네요."

자취를 시작하면 오래된 버릇이나 예의상 하는 말이 아니라면 수고를 알아주는 말을 들을 기회가 적다.

그건 나도 겪어 봐서 안다.

"교사직도 2년 차가 되면서 해야 할 일도 많아지고, 스스로 판단해야 하는 상황도 갑자기 늘었어. 하지만 경험이 부족해서 요령도 없으니 힘들 때도 꽤 많아."

처음 담임을 맡은 탓에 학생들에게는 보이지 않았지만, 긴장도 하고 이래저래 고생도 했나 보다.

어른이라고는 해도 텐조 선생님은 20대 초반이다.

워낙 동안이라 잊어버리기 쉬운데 교사가 된 지 아직 1년밖에 되지 않은 것이다.

하물며 사회인으로서는 아직 신입 단계다.

누구도 처음부터 완벽할 수 없다.

"열심히 하면 지치는 게 당연하죠."

나는 1년 전, 교무실에서 텐조 선생님을 봤던 첫 광경을 떠올렸다.

"응, 나도 이렇게 여유를 잃어버린 줄 몰랐어. 정말 놀랐지 뭐야."

"선생님은 아주 잘하고 계세요."

수면을 우아하게 나아가는 백조도 물속에서는 필사적으로 물갈퀴를 움직이고 있다.

그러나 그것을 들키지 않도록 새침한 표정을 늘 유지한다.

"그럴까?"

"한심하게도 선생님이 우실 정도로 힘드시다는 걸 눈치채지 못했으니까요."

"너한텐 치부를 들켜 버렸네."

이제야 굳었던 표정이 풀어졌다.

"이제는 민망 포인트가 한두 개 늘어나도 그게 그거예요."

"약점을 잡았다고 협박하면 안 된다."

"나쁘지 않네요. 땡땡이쳐서 유급할 것 같으면 그렇게 할게요."

"그렇게 되기 전에 매일 아침 학교까지 끌고 갈 거야."

텐조 선생님은 짓궂은 표정을 지었다.

"서비스가 너무 극진한데요? 학교 밖에서까지 담임일 필요는 없는데."

"알게 된 이상 그냥 둘 수 없거든."

"이웃이라 별로네요. 학교도 맘대로 못 빼먹고."

"넌 그런 타입 아니잖아?"

시시한 상황극 끝에 나와 텐조 선생님은 같은 타이밍에 웃음을 터뜨렸다.

한바탕 웃자 방의 공기가 가벼워졌다.

"아—. 집에 돌아왔을 때 대화할 사람이 있다는 건 참 감사한 일이야."

텐조 선생님이 절실하게 읊조렸다.

"저도 누군가와 집에서 저녁을 같이 먹는 건 오랜만이었어요."

차차 기운을 되찾은 텐조 선생님은 그 기세로 불평을 토로했다.

"내 일 말고도 신입이라고 잡일을 떠맡겨서 수영부 지도 후에 잔업을 하다 보니 최근에는 정시에 퇴근한 적이 거의 없어."

"늦게 퇴근하면 집안일을 하기 어렵죠."

나는 고개를 끄덕였다.

나는 귀가부라서 방과 후의 시간을 집안일에 사용할 뿐이다. 부활동이나 위원회, 학원에 가거나 아르바이트를 했더라면 저녁은 편의점이나 외식으로 때울 수밖에 없다.

"맞아! 내 말이 그거야! 집에도 겨우 온다니까. 게다가 아무도 없는 캄캄한 방에는 반갑게 맞아 주는 사람도 없어. 그게 너무 견디기 힘들어!"

"쓸데없이 혼잣말이 많아지잖아요."

자취 생활 이모저모에 백 퍼센트 공감이다.

"그건 허무야, 허무. 마음속에 있는 어둠이 만드는 거지. 평일에는 집에 잠만 자러 오고 휴일에도 피로를 풀려고 낮까지 실컷 자고 미뤄 둔 집안일을 하는 사이에 해가 저물어. 정신을 차려 보면 또다시 월요일이야."

텐조 선생님은 저주를 내뱉는 것처럼 평소의 울분을 쏟아냈다.

내가 상상했던 것보다 훨씬 텐조 선생님은 사회인으로서 아슬아슬한 상태였다.

"수고가 많으세요……."

이제 이 말밖에 해 드릴 말이 없었다.

"덕분에 QOL^{삶의 질}이 폭삭 망하는 중이야. 지금 당장에라도 죽을 것 같아!"

텐조 선생님은 웃고 싶으면 웃으라는 듯 에라 모르겠다는 말투였다.

"그렇게 힘드신데 교사를 관두고 싶단 생각은 안 해 보셨어요?"

"설마. 아직 졸업시킨 학생도 없는데. 쉽게 그만둘 수야 없지."

눈동자에는 다시금 올곧은 빛이 깃들었다.

이는 분명 진심에서 우러나온 말일 것이다.

이렇게 자신의 이상을 향해 노력하는 사람은 역시 눈부셨다.

우리는 텐조 선생님이 가져오셨던 딸기를 먹으며 소소한 이야기를 나누면서 시간을 보냈다.

나는 녹차를 다 마셔서 새로 끓이려고 부엌에 섰다.

물이 끓기를 기다리면서 이제 본론을 꺼내기로 마음먹었다.

나와 텐조 선생님이 이웃이기 때문에 발생할 가능성이 있는 문제를 피하고, 사생활을 지키면서 원만한 학교생활을 보내기 위해서라도 몇 가지 규칙을 정해야 했다.

굳이 따지자면 나에게 필요했다.

이대로라면 수컷으로서의 자제심이 바닥날 것 같았다.

나는 어쩔 수 없이 긴장되는 만큼이나 들떠 있었다.

"내가 이렇게 대담한 짓을 하다니."

아무리 울고 있었다지만 연상녀의 머리를 쓰다듬다니!

게다가 상대는 천하의 텐조 선생님이야! 담임 교사란 말이다! 옆집 주민이라고!

복도에 혼자가 되자마자 목소리를 죽인 채 괴로움에 울부짖고 있었다.

차를 새로 끓였다. 나는 다시금 기합을 불어넣고 방으로 돌아갔다.

"……진짜냐."

텐조 선생님에게서 작은 숨소리가 들렸다.

침대에 기댄 텐조 선생님은 깊은 잠에 빠져 있었다.

"온종일 일한 후 배불리 먹고 실컷 울었으니 잠이 올 만도 하지."

텐조 선생님은 새근새근 잠든 표정이 무방비하게 드러나 있었다.

여성의 잠든 얼굴을 훔쳐보는 것 같아서 살짝 죄책감이 들었지만 여긴 내 자취방이다.

마음대로 잠든 쪽이 잘못한 거다.

차를 테이블에 살며시 올려 두고 한동안 텐조 선생님의 잠든 얼굴을 바라보았다.

"잠든 얼굴도 이렇게 귀여우면 반칙인데."

텐조 선생님은 넋을 놓고 쳐다볼 만큼 예뻤다.

편히 쉬어서 좋은 모양이다. 신나는 꿈이라도 꾸는 걸까.

"하지만 남자 혼자 사는 집에서 곯아떨어지다니. 경계심이 너무 없는데?"

오히려 걱정이 되었다.

"선생님께는 학생이 연애 상대로 안 느껴지나 봐."

나는 살짝 상처를 받았지만 앞으로 어떻게 하면 좋을지 고민했다.

오늘은 정말 온종일 텐조 선생님 생각만 했다.

"……억지로 깨우기도 좀 그러니 잠시 그냥 둬야겠어."

곧 일어나시겠지.

먼저 설거지라도 하자. 끝날 즈음이면 일어나서 자기 집으로 가겠지.

나는 그렇게 생각했다.

막간 1 학생의 방에서 하룻밤

"아~. 잘 잤다."

스위치가 켜지듯 눈이 번쩍 뜨였다.

스마트폰의 알람이 몇 번이나 울린 후에야 진흙 같은 졸음에서 의식을 끌어올려 좀비처럼 침대에서 기어 나왔다. 그리고 이게 평상시 기상 풍경이다.

오랜만에 푹 잤다. 평소보다 몸의 감각이 가볍고 머리도 개운했다.

이렇게 기분 좋게 일어난 게 얼마 만일까.

매일 이렇다면 최고일 텐데.

침대 안에서 기지개를 쭉~ 펴고 스마트폰으로 시각을 확인하려고 머리맡으로 손을 뻗었다.

"어? 없네. 어디 갔지?"

스마트폰이 어디에도 보이지 않았다.

"게다가 어쩐지 시트 감촉도 다른 것 같고……."

옆에 안고 있는, 안고 자는 베개의 감촉도 평소와 달랐다. 그러고 보니 냄새도.

나는 상체를 일으켜 멍하니 주위를 둘러보았다.

분명히 아는 방인데 왠지 전체적으로 다른 느낌이 들었다.

"……내 방이 이랬었나?"

시야가 점점 또렷해지면서 그 위화감의 정체를 눈치챘다.

"……?! 여긴 니시키 군의 방이잖아?"

큰일 났다~~~~!!!!

핏기가 싹 가시는 소리가 들렸다.

대체 무슨 일이 있었길래 이렇게 된 걸까.

"나, 나, 사고 쳤나?!"

큰 실수에 비명이 흘러나왔다.

외박, 미성년자 음행(淫行), 징계 면직(懲戒免職) 등 생각하고 싶지도 않은 단어가 의지와 상관없이 뇌리를 스쳤다.

"말도 안 돼. 잠깐만?! 우리 반 학생의 자취방에서 자 버렸어."

서둘러 몸 상태를 확인했다. 괜찮아, 옷은 입고 있다. 속옷도 제대로 입고 있고. 흐트러진 모습도 아니다. 청결 그 자체.

잠시 안도한 후, 어젯밤에 있었던 일을 황급히 떠올렸다.

니시키 군의 자취방에 와서 카레라이스를 먹고, 울고, 그 아이의 품 안에서 위로받았다. 그런 다음 같이 딸기를 먹으면서 대화를 나누고 어느 틈엔가 나도 모르게 잠이 든 것 같았다.

떠올리고 나니 얼굴에 불이 난 것처럼 뜨거워졌다.

"나, 남자 집에 들어온 것도 모자라서 하룻밤을 보내다니……."

나의 어리석음에 상쾌했던 기분이 순식간에 곤두박질쳤다.

"선생님, 일어나셨어요?"

바닥에서 목소리가 들렸다.

"니, 니시키 군?!"

"안녕히 주무셨어요?"

그는 졸린 목소리로 바닥에서 몸을 일으켰다.

"자, 자, 잘 잤어?"

목소리에 동요가 배어 있었다.

"푹 주무셨어요?"

"더, 덕분에. 넌 바닥에서 잤어?"

"선생님께서 제 침대에 파고들어 가서 자고 계셨거든요. 기억 안 나세요?"

니시키 군은 하품을 참아 가면서 질문했다.

"전혀 기억 안 나……."

나는 서먹해서 얼굴도 제대로 쳐다보지 못했다.

"저기, 선생님. 괜찮으시다면 옷을 바로 하시든지 가려 주실래요?"

니시키 군이 왠지 조심스럽게 부탁했다.

그에 나는 옷매무새를 바로잡았다.

조금 전 몸 상태를 살핀 탓에 옷매무새가 심히 흐트러져 있었다. 셔츠의 상단 단추가 풀어져 가슴골과 브래지어가 훤히 보였고, 속옷을 확인하려고 스커트도 벗었던 터라 이래저래 보이는 게 많은 섹시한 상태였다.

나는 서둘러 이불을 둘둘 말아 벽 쪽으로 물러났다.

"미리 말씀드리는데, 선생님께는 손가락 하나 대지 않았어요."

"하, 하지만! 내가 왜 네 침대에서 잔 건데?"

나는 이불 안에서 꿈지럭거리면서 옷을 바로 입었다.

"그야 선생님께서 직접 올라가셨으니까 그렇죠. 처음에는 침대에 기대어 있었는데 어느 틈엔가 잠결에 침대로 파고들어 가서 쿨쿨. 몇 번을 깨워도 안 일어나셔서 저도 포기했죠."

니시키 군은 담담히 어젯밤에 있었던 일을 알려 주었다.

확실히 집에서도 소파에 기대어 있다가 잠든 적이 자주 있었다. 대부분 한밤중에 잠시 깨서 비몽사몽 상태로 침대로 들어가기 때문에 나라면 충분히 그러고도 남았으리라.

하필이면 우리 반 남학생 집에서 똑같은 행동을 하다니.

"넌 바닥에서 하룻밤을 보낸 거야?"

"그럼 선생님 곁에서 같이 자는 게 나았을까요?"

니시키 군은 일어나더니 등이나 허리가 뭉쳤는지 스트레칭을 했다.

"정말 미안해!!"

나는 침대 위에서 있는 힘껏 도게자#7를 하며 사과했다.

이런 바보오오오오오오오——————!!!!

니시키 군이 신사가 아니었다면 난 대체 어떻게 됐을까.

"남학생 집에서 하룻밤을 보낸 게 들키면 대박 스캔들이겠네요."

#7 도게자(土下座) 땅에 바짝 엎드려 절하며 용서를 구하는 행동.

"싫어~. 학교에서 잘리고 싶지 않아."

난 머리를 감쌌다.

"소문 안 낼게요."

오늘 아침에 이르기까지 난 대체 니시키 군한테 약점을 몇 개나 잡힌 걸까.

"협박 안 해? 증거 사진 같은 거 안 찍었어?"

아침부터 궁지에 몰려 또 눈물이 날 것 같았다.

"의심스러우시면 제 스마트폰을 확인해 보셔도 돼요."

"네가 신으로 보여. 나도 모르게 절하고 싶어."

이제는 교사로서의 위엄 따윈 1밀리미터도 없는 상황인데도 니시키 군은 담담하고 온화한 태도를 바꾸지 않았다.

어떤 가정 교육을 받고 자라면 고등학교 2학년이 이렇게 차분할 수 있을까.

아직 학생인데 너무 어른스럽다.

"그래서 어떻게 하실래요? 시간 있으시면 **어젯밤에 하던 걸 마저 하고 싶어요.**"

"뭐?"

나는 그 말이 무슨 뜻인지 몰라 고개를 갸웃거렸다.

설마 자고 있을 때 덮치진 않아도 합의한 상태라면 된다고 생각하는 건가?

신변의 위협을 느끼고 침대에서 일어나려고 해도 니시키 군은 길을 막듯 내 앞에 서 있었다.

아, 망했다. 덮친다면 도망칠 수 없어.

"……읍."

숨을 삼키자, 온몸에 힘이 들어갔다.

"선생님?"

"있잖아! 나 첫 경험은 좋아하는 사람과 하기로 정했기 때문에 선뜻 그럴 수 없어! 게다가 네가 기대하는 어른스러운 테크닉 같은 거 할 줄 모르니까 단념해."

나는 거품을 물고 속사포로 쏟아 냈다.

왠지 하지 않아도 될 말까지 해 버린 것 같지만, 아무튼 내 자신을 지키고자 필사적이었다.

그러자 이번에는 니시키 군이 당황했다.

"제 말은 이웃에 사는 걸 알았으니, 앞으로 어떻게 할 건지에 대한 거였어요! 어젯밤에 선생님이 잠드신 바람에 의논한 게 전혀 없잖아요!"

니시키 군도 당황하며 누명을 벗으려 했다.

"아~. 응. 맞네, 맞아. 다행이다."

이번에야말로 온몸에서 힘이 빠져 버렸다.

"넘겨짚는 것도 정도가 있죠. 좀 봐주세요, 진짜."

니시키 군도 진심 곤란하다는 얼굴로 나에게서 시선을 돌렸다.

"아무리 사과해도 부족할 거야. 하지만 미안해."

좌우간 나는 니시키 군에게 사과했다.

착각했던 게 부끄러워서 니시키 군의 얼굴을 제대로 쳐다볼수 없었다. 교사의 체면이 구겨지는 정도의 소동이 아니었다.

상쾌한 아침 햇살이 쏟아져 들어오는 가운데, 아무 일도 일어나지 않았는데 가시방석 같은 침묵으로 가득 찼다.

"휴일인데 시간 있으면 아침이라도 드실래요? 이번에야말로 제대로 얘기해 보죠."

항상 니시키 군이 먼저 제안을 해 왔다.

"응, 먹을게. 만들어 줘."

나도 순순히 응했다.

먼저 제안하는 건 항상 니시키 군이다.

겸연쩍은 분위기를 감지하고 분위기를 바꿔 주는 건 솔직히 믿음직스럽다.

"한 시간 후에 보면 될까요? 선생님도 옷을 갈아입으셔야 할 것 같고."

그 말을 듣고 어젯밤에 샤워도 하지 않고 니시키 군의 침대에서 잠들어 버린 걸 깨달았다.

아차! 땀 냄새가 신경 쓰였다.

"오케이! 침대 커버 같은 건 나중에 내가 다 빨아 올게!"

"그런 건 제가 해요."

"괜찮아, 맡겨 줘! 멋대로 침대를 사용한 사과의 뜻이야!"

니시키 군에게 허락을 받기도 전에 나는 침구 시트 전체를 강제로 벗겼다.

"그럼, 한 시간 후에 봐!"

마치 노상강도처럼 그것들을 들쳐 안고 재빨리 니시키 군의 자취방에서 뛰쳐나왔다.

나는 그 기세로 바로 옆에 있는 내 자취방으로 하룻밤 만에 돌아왔다. 그러나 버리는 걸 깜박해서 복도에 쌓인 쓰레기봉투의 존재를 또 잊고 있었다.

"우왓?!"

제대로 발이 걸려 넘어지는 바람에 팔에 안고 있던 시트에 얼굴을 파묻고 말았다.

약간의 통증 후에 내가 모르는 냄새를 느꼈다.

"앗, 아아아아악――――――!"

나는 괴성을 지르면서 급히 세탁기에 집어넣었다.

그리고 나도 어젯밤의 흔적을 지워 버리려는 것처럼 입고 있던 옷과 속옷을 벗어 세탁기의 스위치를 켰다.

욕실에 들어가 뜨거운 물로 머리부터 씻으면서 시작된 격렬한 자기혐오.

"니시키 군의 자취방에서 잠이 들다니, 대체 뭐 하는 짓이야."

아무 일도 없었다고는 해도 남자 방에서 밤을 보낸 것은 살면서 처음 겪은 일이었다.

23년 동안 살면서 남자 친구 제로. 연애 경험조차 없었다.

물론, 어른의 은밀한 관계를 가져 본 적도…….

원래 연애에 흥미가 별로 없고, 친구가 연애나 연인에게 푹 빠져 있는 것을 어느 별나라에서나 있을 법한 일처럼 생각했다.

학창 시절부터 고백받은 적은 있어도 전부 거절했다.

그래서 남자 방에서 잔 적은커녕, 제대로 된 데이트를 해 본 적조차 없다.

"그런데 단계를 건너뛰고 말았어."

게다가 상대는 나보다 나이도 어린 연하남이다.

그것도 니시키 유나기. 우연히 이웃 주민이라는 게 발각된 우리 반 학생.

『의외로 근처에 있는 거 아니야? 학교에 괜찮은 사람 없어?』

친구의 말이 문득 되살아났다.

그 탓에 괜히 신경 쓰인다.

……얼굴이 화끈거리는 건 뜨거운 물로 씻고 있어서가 아니다.

"미쳐. 이제 무슨 낯으로 걔 얼굴을 보냐고!!"

니시키 군 앞에서 어른스럽게 처신할 자신이 없어졌다.

제2장 이웃 협정

텐조 선생님은 정확히 한 시간 후, 내 자취방을 다시 찾았다.

사복인 깔끔한 원피스로 갈아입어서 어른스러움보다 귀여움이 앞섰다.

샤워를 하고 화장도 연하게 했다.

휴일에 사복을 입은 선생님을 처음 본 나는 가슴이 두근거렸다.

여전히 홀딱 반해 버릴 만큼 미인이지만, 표정만은 조금 전보다 험악했다.

왜일까.

한 시간 사이에 대체 무슨 일이 있었던 걸까. 선생님이 가져가신 내 시트가 그렇게 냄새가 심했나. 좀 더 자주 빨면 좋았을걸 하고 후회했다.

"들어오세요. 아침은 이미 다 차렸어요."

"고마워. 실례할게."

나도 선생님이 집으로 돌아간 후, 급히 몸을 씻었다.

어젯밤에는 선생님이 자고 계셔서 나도 목욕하기가 꺼려져 씻지 않고 바닥에서 잘 수밖에 없었다.

게다가 옆에서는 초절세 미인이 내 침대 위에서 무장 해제된 얼굴로 숨소리를 내고 있었으니까.

의식하지 말라는 것은 무리다.

잠이 들 때까지 시간이 걸렸고, 잠도 설쳤기 때문에 가능하면 다시 자고 싶었다.

하지만 이 기회를 잡지 못하면 대화할 타이밍을 이대로 놓칠 것 같은 기분이 들었다.

그러한 패기로 밀져야 본전이라는 생각에 같이 아침을 먹자고 권했더니 선생님은 흔쾌히 드시겠다고 했다.

그렇다면 기대에 부응하는 수밖에.

토요일 아침은 항상 느긋하게 보냈지만, 오늘만큼은 평소와 달랐다.

욕실에서 나와 옷을 갈아입고 블랙커피를 마시며 잠이 부족한 머리에 활기를 집어넣었다.

그리고 선생님이 오실 타이밍에 맞춰 2인분의 아침 식사를 만들기 시작했다.

"대단한 건 아니지만요."

"불까지 사용해서 직접 만들다니 대단해."

"평소에는 훨씬 대충 먹어요. 선생님이 오신다고 하셔서 폼좀 잡아 봤죠."

테이블에는 바짝 구운 베이컨을 곁들인 프렌치토스트와 어제 남은 샐러드. 그리고 수프도 같이 차렸다. 디저트는 선생님께 받은 딸기를 넣은 요구르트다.

"넌 요리도 제법 할 줄 아니까 장래에 좋은 남편이 될 것 같아."

밝은 아침 햇살 속에서 텐조 선생님이 감탄했다는 듯 나를 쳐다보았다.

"선생님은 요리 못 하세요?"

선생님은 어제와 같은 위치에 앉았다.

"오히려 집안일 하는 건 좋아해. 청소해서 깨끗해지면 기분이 좋잖아. 그런데 지금은 집안일을 할 시간이 없어. 정리를 못해서 쌓인 빨랫감을 보면 짜증이 나고, 균형 잡힌 식사를 못 하니까 건강도 신경 쓰이고…… 어머, 또 투덜거리고 있네. 왜 네앞에선 이런저런 이야기가 술술 나오는 걸까?"

텐조 선생님은 본인도 이유를 모르겠다며 난처하다는 듯 웃었다.

"선생님도 좋은 아내가 되실 것 같아요."

"결혼은 전혀 상상이 안 돼. 난 연애도 결혼도 좋아하지 않는 사람과는 상상할 수도 없어."

"그렇다면 지금은 음료 정도는 좋아하는 걸로 고르세요. 커피랑 홍차 중 어떤 걸 드릴까요?"

"커피로. 우유랑 설탕도 넣어 줄 수 있어?"

"그러죠. 먼저 드시고 계세요."

많이 타 놓은 커피를 머그잔에 부었다.

나는 선생님이 원하시는 것을 모아 테이블로 가져갔다.

"많이 기다리셨습니다. 모닝커피입니다."

"……."

"선생님?"

"이상한 말투로 말하지 마."

"아침에 마시는 커피라는 뜻인데요."

"다른 의미로 들려."

텐조 선생님이 귀까지 빨개지면서 말하니까 나도 괜히 의식하게 되었다.

미묘한 침묵을 메우려고 누가 먼저랄 것도 없이 요리에 손을 댔다.

"음. 프렌치토스트가 참 달고 폭신폭신하네. 아—. 쉬는 날 뿐만 아니라 매일 아침을 든든히 먹을 수 있다면 정말 좋을 텐데."

선생님은 아침부터 느긋하게 식사를 즐길 수 있어서 기분이 매우 좋으신 모양이었다.

"평일엔 아침을 안 드세요?"

"잘 수 있을 때까진 자고 싶으니까 아침을 차릴 여유가 없어."

"매일 아침 알람이 계속 울리긴 하더라고요."

"……?! 혹시 여기까지 들렸어? 아침부터 시끄럽게 해서 미안!"

"덕분에 저도 늦잠 자지 않고 일어나요."

"불편했다면 말하지 그랬어……."

선생님은 어깨를 쑥 움츠렸다.

"그러고 보니 선생님께서 주신 딸기, 이걸로 끝이에요. 맛있었어요."

"그렇지? 아직 집에 더 있는데 조금 더 먹을래? 상하면 아깝 잖아."

"다 못 먹을 것 같으면 얼리면 되잖아요? 우유나 요구르트에 섞어서 스무디를 만드는 것도 추천해요."

"음—. 냉동 칸은 꽉 차서 다 안 들어갈 것 같아."

"그렇다면 고급 딸기라 좀 아깝긴 해도 설탕에 졸여서 잼을 만드는 건 어때요?"

고급 딸기는 그냥 먹는 게 가장 좋지만, 버리는 것보단 낫지.

"잼! 그거다! 니시키 군, 좋은 생각이야!"

텐조 선생님이 이걸로 만사 해결이라는 듯 후련한 표정을 지었다. 그때 나는 조심스럽게 여쭤봤다.

"참고로 많은 양의 잼을 담을 빈 병은 있어요?"

딸기가 얼마나 많이 남았는지 나는 모르지만, 가정에서 잼을 만드는 것 자체는 간단하다. 그러나 잼으로 만들어 버리면 설탕이 들어가기 때문에 한 번에 먹어 치우기는 어렵다.

"……없어."

그러자 올라갔던 선생님의 텐션이 급락했다. 참 알기 쉬운 사람이다.

"감당 안 되는 건 나중에 가져오세요. 병도 있으니 저희 집 에서 만들죠."

다행히 나중에 쓸 데가 있을 것 같아서 놔둔 빈 병이 몇 개

있었다.

"고맙긴 한데 또 너한테 신세를 지는 것 같아서."

"시트를 빨아 주신 답례예요."

"애초에 내가 침대를 점령해서 그런 거잖아!"

"잼이 완성되면 조금 나눠 주시면 되니까 신경 쓰지 마세요. 어차피 이번 주말에는 다른 약속도 없는데 마침 시간 때우기로 딱 좋네요."

"알겠어! 그 대신 잼에 어울리는 빵을 사 올게!"

"언제까지 주거니 받거니 할 거예요? 그래선 끝이 안 나잖아요."

도움을 받을 때마다 보답하는 것은 바람직하지만, 그렇게까지 거창한 걸 한 것도 아니니까.

"집에 사 놓은 식빵도 없으니까 내 걸 사는 김에 같이 사는 거야."

"보통 식빵 정도는 나눠 먹지 않아요?"

아직 몇 장 남아서 선생님께 드렸다.

"빚지고 사는 성격이 아니라서 그래!"

"선생님은 생각보다 의리파네요. 의외예요."

텐조 선생님 같은 미인이라면 선의든 흑심이든, 많든 적든 간에 주변으로부터 배려를 많이 받으며 살았을 것이다. 그러나 모든 배려에 보답하다간 본인이 소모되어 버릴 것이다. 그래서 텐조 선생님은 오히려 미소와 감사의 말로 딱 잘라 선을 긋는 게 몸에 배어 있을 거라 생각했었다.

"이번에는 특별 케이스. 니시키 군 덕분에 할머니가 보내 준 딸기를 썩히지 않아도 되니까 나 엄청 행복해."

텐조 선생님은 진심으로 기쁘다는 듯 웃으셨다.

그 눈부신 미소는 교실에서 볼 때보다 자연스럽고 부드러 웠다.

내 자취방에서 내게만 보여 주는 환한 표정에 긴장도 잊은 채 넋을 잃고 바라보았다.

"할머니를 좋아하시나 봐요."

"가족 중에 내 편은 할머니뿐이거든. 내가 이 직업을 선택한 것도 할머니가 교사셨던 게 큰 영향을 미쳤어."

"아~. 그래서 손녀가 좋아하는 걸 다 먹지도 못할 만큼 보 내 주시는군요."

"아…… 예전부터 보내 주시는 건 가뿐히 다 먹었었거든."

텐조 선생님이 부끄럽다는 듯 고백했다.

"날씬하신데 많이 드시네요."

"성격상 배고픈 건 못 참거든. 맛있는 걸 엄청 좋아해! 왜, 안 돼?!"

"좋다고 생각해요. 어제도 카레를 많이 드셔서 기분 좋았거 든요."

텐조 선생님이 잠드시는 바람에 접시를 깨끗이 비워 준 것 에 대한 고마움을 이제야 전했다.

"고맙단 말 좀 그만할래?! 계속 얻어먹기만 해서 괴롭단 말이야."

텐조 선생님은 미안하다며 눈을 질끈 감았다.

"배만 튀어나오지 않으면 딱히 상관없지 않아요?"

"거기만큼은 신경 쓰고 있으니까."

텐조 선생님은 잘록한 허리를 과시하듯 양손을 허리에 댔다.

조식을 다 먹었을 무렵에는 학교에서 말할 때의 어투로 돌아와 있었다.

이리하여 우리는 드디어 본론으로 들어갔다.

"—가장 먼저, 우리가 이웃이라는 건 우리만의 비밀이야."

"물론이죠. 들키지 않게 최선을 다할게요. 선생님을 잘리게 할 순 없죠."

그건 대전제다.

"응. 안타깝게도 오해받기 딱 좋은 상황 증거가 모여 있으니까."

집이 다르다곤 해도 교사와 학생이 실질적으로 한 지붕 아래서 지내는 상황은 세상 사람들 눈에 그리 좋게 비치지 않는다. 받아들이는 사람에 따라서는 큰 사회적 충격을 동반하기 때문이다.

"주의하며 생활하는 수밖에 없겠네요."

"나도 조심할게. 그걸 전제로 하고 앞으로 어떻게 할 건지를 의논하는 거지?"

"가장 확실한 건 어느 한쪽이 이사하는 거죠."

"내가 이사 갈 수 있는 건 빨라도 여름 방학이야. 물론 부동산에 맡기는 방법도 있지만, 솔직히 그렇게 모아 둔 돈이 많지 않거든."

"……아니면 제가 본가로 돌아가든지."

별로 내키지는 않지만, 현재 처한 상황이 더 심각하니 어쩔 수 없는 노릇이다.

"너희 본가는 통학이 가능한 거리 안에 있어?"

"일단은요."

내 대답에 선생님은 미간을 살짝 찌푸리셨다.

"그럼, 말이 나온 김에 묻겠는데, 왜 고등학생이 혼자 살아?"

그 점은 당연히 궁금할 법한 부분이다.

"엄마가 재혼하셨는데 트러블이 있어서 따로 살기로 정했어요."

나는 간결하게 신상을 설명했다.

그러자 텐조 선생님의 표정이 확 달라졌다.

교사 모드로 돌아가 진지한 표정으로 이쪽을 바라보고 있었다.

"정했다니? 네가 스스로 독립을 선택한 거야?"

"맞아요. 엄마가 쫓아냈다거나 부정적인 원인이 있어서 그런 건 아니니까 걱정하지 마세요."

"생활비는 충분해? 다른 힘든 점은 없고?"

텐조 선생님은 내 방을 휙 둘러본 후에 거듭 확인했다.

"친아버지께 아르바이트하지 않아도 될 정도는 받고 있어서 문제없어요. 그 대신 착실히 공부하라고 못을 박으셨지만."

아버지는 업무 능력은 뛰어나시지만, 애정 표정이 서툴고 말주변이 없는 사람이었다.

늘 일이 우선이라 집에도 가끔 얼굴을 비칠 뿐이었다.

이윽고 내가 중학교에 진학한 시점을 계기로 부모님은 이혼하셨다.

나로서는 철이 들기 시작했을 무렵부터 아버지가 집에 계시지 않은 게 당연했던 터라, 모자 가정이 되었다 한들 큰 감정적인 변화는 없었다.

다만 일 중독자인 아버지는 아버지 나름대로 예나 지금이나 아들인 나를 서툴게나마 사랑한다. 그것만큼은 나도 알고 있다.

그래서 독립하고 싶다는 뜻을 가장 먼저 전했고, 아버지도 망설이지 않고 지원해 주셨다.

"주제넘은 질문 하나 할게. 새 가족과는 사이가 어때?"

그러나 텐조 선생님은 역시나 마음에 걸리는 모양이었다.

"새 아버지와 의붓여동생^{여동생}은 무척 좋은 사람들이에요. 두 사람 모두 제가 어서 돌아왔으면 좋겠다고 말하죠. 굳이 말하자면 엄마와 사이가 틀어지는 바람에."

"어머니와 사이가…… 어려움이 많겠네."

텐조 선생님은 마치 똑같은 경험이 있는 것처럼 공감했다.

자기 일처럼 마음 아파하는 표정을 보고 되레 내가 죄송해졌다.

요즘 시대는 이혼도 재혼도 흔하디흔하다.

하물며 사춘기 아들과 부모가 앙숙 관계인 경우는 전 세계에 널리고 널렀다.

"집에서 얼굴 맞대며 분위기를 험악하게 만드는 것보다 따로 사는 게 서로를 위한 거라고 생각했을 뿐이에요. 덕분에 부모님의 시야에서 해방되어 팔자 좋게 자취 생활을 만끽하고 있죠."

"강한 척하는 건 아니고?"

텐조 선생님은 예리한 질문을 던지셨다.

"전혀."

텐조 선생님은 진상을 확인하려는 것처럼 조용히 내 얼굴을 바라보았다.

"—넌 꽤 일찍 어른이 되는 수밖에 없었구나."

이윽고 납득했다는 듯 표정을 풀었다.

"부모랑 사이가 좋지 않은 것 자체가 아직 애라는 증거잖아요."

"정말 그래?"

"네?"

"네 이야기를 듣고 있으면 단지 어머니와의 불화 때문에 집을 나온 것 같지는 않단 말이지."

"왜요?"

"어머니를 싫어하거나 화가 난 느낌이 전혀 없거든."

"……."

나는 깜짝 놀라 말문이 막히고 말았다.

"니시키 군의 성격상 다른 누군가를 배려해서 스스로 집을 나온 느낌이 든달까."

텐조 선생님은 혼잣말하듯 추측했다.

"딱히 엄마를 싫어하거나 하진 않아요. 단지 지금 생활에 불만이 없어서 웬만하면 돌아가고 싶지 않아요."

"……그렇구나."

그러자 텐조 선생님은 그 이상 파고들지 않았다.

"곤란한 일이 있으면 나한테 부담 없이 말해 줘. 도와줄게."

억지로 다가오지도 않고 그렇다고 먼 곳으로 멀어지지도 않는다.

아침에 일어나 허둥거리던 모습이 거짓말인 것처럼 이 미인 교사는 든든한 버팀목이 되어 주겠노라 말했다.

"텐조 선생님. 몇 번이나 식사에 초대하고 이런 말씀을 드리려니 뭣하지만, 우린 사적으로 자주 만나지 않는 게 좋지 않을까요?"

무슨 사람이 정이 이렇게 많아. 고맙지만 미안하다는 생각도 든다.

"알아 버렸는데 어떻게 모른 척하란 거니? 만약 내가 담임이라서 말하기 껄끄럽다면, 옆집 누나라고 생각하고 의지해."

텐조 선생님은 밝은 목소리와 환한 미소로 말씀해 주셨다.

누구나 미모에만 주목하기 십상이지만, 가장 큰 매력은 자연스럽게 배어 나오는 다정함이리라.

텐조 선생님은 까다로운 사정을 차치하고서라도 혼자 사는 고등학생의 신변을 걱정해 주는 어른의 다정함이 확실히 존재했다.

"미인이 남자다움까지 겸비하다니 욕심이 너무 많은 거 아니에요?"

"나한테도 너만 한 남동생이 있으니까 그냥 내버려둘 수가 없어."

텐조 선생님이 부자연스럽게 말을 덧붙였다.

"선생님의 남동생도…… 미소년이겠네요."

누나가 이 정도니, 남동생도 틀림없이 잘생겼을 것이다.

"얼굴은 취향을 타니까 잘 모르겠지만, 정신적으로는 네가 훨씬 어른스러워."

"어른스럽다고 생각한 적 전혀 없는데요."

"나도 마찬가지야. 사람들은 사회인 대접을 해 주는데, 어른이라는 느낌은 눈곱만큼도 없거든."

"어른과 아이는 별반 다른 게 없을지도 몰라요."

그렇다면 이 아파트에서 지내는 동안은 니시키 유나기와 텐조 레이유는 인간적으로는 대등하다고 볼 수 있겠다.

그렇다면 기쁠 따름이고, 그리되기 위해 노력하는 것쯤이야 감당할 것이다.

"맞아. 난 스트레스가 한계에 다다른 사회인이고, 네 앞에서 무심코 울어 버린 여자야."

익살을 떨면서 말한다.

"선생님은 멋있는 척하는 걸 좋아하시네요."

"어른들은 쪽팔리는 걸 싫어하니까. 약점을 보여 주고 싶어 하지 않아. 뭐, 너한테는 이미 늦었지만."

"약해진 모습도 귀엽던데요."

"거봐, 금방 어른을 놀리잖아."

"옆집에 사는 미인 누나를 멋지다고 느끼는 건 남자로서 자연스러운 거예요."

나는 그것이 남자의 로망이라며 정색했다.

"어쨌든 이사에 관한 건 나한테 맡겨. 어떻게든 여름 방학 중에는 이사할게. 미안하지만 그때까진 이웃으로 지내는 걸 참아 줘."

텐조 선생님은 결론을 내렸다.

"옆집에 선생님이 살고 계시는 걸 알기 전부터 딱히 문제없이 지냈어요. 그러니 참고 말고 할 게 없어요."

"알람 소리로 아침마다 피해를 줬잖아."

텐조 선생님은 겸연쩍은 모양이었다.

"텐조 선생님께 이사를 부탁드리는 대신 제가 한 가지 제안 하죠."

"제안? 뭔데?"

"선생님 식사는 앞으로 제가 챙길게요."

나도 놀랄 정도로 막힘없이 그 말이 나왔다.

"네가 천사만큼 착해서 놀라울 따름이야."

청천벽력이라는 듯 선생님은 눈을 동그랗게 떴다.

"별로 대단한 거 아니에요. 단순히 저를 위해서예요. 제가 만 든 요리를 선생님이 드시는 걸 보는 게 즐거웠거든요."

"그건 그것대로 다행인데?"

텐조 선생님은 어떻게 반응하면 좋을지 몰라 하셨다.

"저 혼자 먹으려고 만드는 것보다 다른 사람의 반응이 있는 게 의욕이 생기거든요. 하지만 매번 울 정도로 맛있는 요리는 기대하지 말아 주세요."

"울었던 건 이제 좀 잊어!"

본인에게는 상당히 부끄러운 실수인가 보다.

개인적으로는 텐조 선생님의 보기 드문 모습을 볼 수 있어 서 좋았다.

"선생님. 알게 된 이상 모른척할 수 없는 건 저도 마찬가지 예요. 일하시느라 힘드시다면 적어도 식사 정도는 제대로 된 걸 드셨으면 좋겠어요. 무리하다가 마음이나 몸이 망가지면 회복할 때 훨씬 고생해요."

심신의 건강을 잃으면 모든 게 말짱 도루묵이다.

어중간하게 걱정하는 것보다 차라리 도와주는 게 나도 속 편하다.

"그건 아주 매력적인 제안이지만 안 돼."

텐조 선생님은 아쉽지만, 어쩔 수 없다는 듯 거절한다.

"1인분이나 2인분이나 수고하는 건 거기서 거기예요."

"학생에게 식사 당번을 맡기는 건 역시 도가 지나친 행동이야."

"아니, 이미 제 요리도 드셨고, 우는 얼굴도 잠든 얼굴도 다 봤거든요. 게다가 한방에서 하룻밤을 보낸 사이잖아요."

나는 일부러 함축성을 내포한 말투로 심기를 흔들었다.

"말조심하라고 했지!"

"이제 와서 부끄러워하거나 얼버무릴 게 뭐 있어요? 어차피 이사하기 전까지만 기간 한정으로 이웃으로 지내는 건데."

"하지만 아직 4월이야. 1학기가 끝나려면 석 달 가까이 남았어."

눈앞에 있는 여성은 마음이 괴롭다는 듯 표정을 찌푸렸다.

"어릴 때부터 어머니를 도와드리려고 거들었기 때문에 집안일은 익숙해요."

엄마가 재혼하기 전까지 퇴근하고 돌아온 엄마를 기쁘게 해

드리기 위해서 저녁은 내가 만들었었다.

"네 요리 실력은 의심의 여지가 없지만……."

"일하는 여성이 피곤에 찌들어 있으면 가만히 내버려둘 수가 없거든요."

"위험해. 나도 모르게 너한테 반할 뻔했어."

텐조 선생님은 입가를 손으로 가리셨다.

"반하셔도 저는 상관없는데요."

"농담이야. 하지만 어려울 때 도와주겠다고 하면 여자 입장에선 점수를 높이 쳐 줄 수밖에 없지."

"제가 제안한 것도 채용하시는 거죠?"

"너 혼자 하는 건 안 돼. 적어도 당번제로 하지 않을래?"

"못 지키면 끙끙 앓을 거면서. 선생님의 부담이 늘어나면 주객전도예요."

나는 좋든 나쁘든 고집을 부리는 텐조 선생님을 타일렀다.

"윽, 다 꿰뚫고 있어."

"선생님께서 지금보다 더 지쳐서 수업의 질이 낮아지면 학생들한테는 그거야말로 큰 손실이에요."

"하지만 너만 힘들잖아."

"어차피 제 걸 만드는 김에 하는 거라 문제없어요."

"나도 둘 다 할 수 있어! ……아마도."

텐조 선생님은 딱 잘라 말하지 못하는 점만 봐도 참 솔직한 사람이다.

정색하며 고집을 부리지만, 무리라는 것은 불 보듯 뻔했다.

삶의 질이 급격하게 떨어져서 흔하디흔한 카레라이스를 먹고 울어 버릴 정도로 약해진 사람이 이 이상으로 뭔가를 노력하는 건 말도 안 된다.

텐조 선생님께는 휴식을 포함한 오롯이 자신만을 위한 시간이 결정적으로 부족하다.

집안일을 내가 대신해 드리면 텐조 선생님도 좋아하는 일에 시간을 사용할 수 있을 것이다.

"지금 그게 안 되니까 사생활이 괴멸 상태인 거예요. 거기에 쐐기를 박듯 옆집에 반 학생이 사는 걸 알게 됐으니 정신적 부담도 늘어났을 거예요. 앞으로 이사 준비도 해야 하시잖아요. 그런 사람을 돕는 건 잘못된 게 아니잖아요."

나는 객관적인 사실을 서술하면서 텐조 선생님을 납득시키기 시작했다.

"하지만 난 어른인걸."

"─아이가 어른을 돕는 게 어때서요."

거절할 구실을 찾으려는 듯 고개를 숙였던 텐조 선생님이 얼굴을 들었다.

"선생님은 처음으로 담임을 맡아 최선을 다하고 계시잖아요."

나는 텐조 선생님이 교실에서 열과 성을 다해 수업하는 모습을 매일 보아 왔다.

"니시키 군."

"현명한 어른이라면 요령 한두 개쯤은 적당히 피우면서 살아요."

텐조 선생님은 아직도 머리를 감싸고 고민 중이었다.

"어른이라 자존심도 중요하겠지만 편한 길이 있다면 편한 쪽을 선택해도 되지 않을까요? 어떻게 항상 최고 속도로 달리겠어요. 절 이용해서 재충전 시간을 확보하세요."

"목에서 손이 나올 정도로 휴식 시간을 갖고 싶긴 해."

텐조 선생님의 눈동자가 흔들린다.

"일하는 사회인을 응원하게 해 주세요."

그 한마디가 먹혔는지 텐조 선생님은 크게 심호흡하고선 나를 응시했다.

"넌 역시 사람을 무력하게 만들어서 자기에게 의지하게 만드는 방법을 잘 알아."

나는 고개를 갸웃거렸다.

"선생님, 저한테 의지하고 계세요?"

"아니, 그러니까."

텐조 선생님은 횡설수설했다.

"그래서 어떻게 하실 거예요? 이제 와서 거절하셔도 식사 준비 정도는 할 거예요. 소리를 들으면 집에 오신 것쯤은 알 수 있으니까요."

방음 대책이 완벽하다고 말하기 어려운 건물이라서 주의를 기울이면 상대방의 생활 리듬 정도는 간단히 파악할 수 있었다.

"여, 옆집 사람이 괴롭힌다고 주인한테 보고할 거야."

싫어하는 말투와는 달리 그 표정은 포기했다는 듯 부드러 웠다.

"그렇게 되면 제가 같은 학교 학생이라는 것도 줄줄이 밝혀 지겠네요."

"학생한테 협박을 다 당하네."

"듣기 거북하네요. 이렇게나 선생님을 염려하는 학생이 또 어디 있다고."

"까딱하다간 범죄거든?"

"정말 싫으시면 강요는 안 할게요. 선택권은 선생님께 있으 니까요."

"여자한테 선택을 미루다니."

"그럼, 제가 정해도 돼요? 정하면 따라 주셔야 하는데."

나한테는 강제력이 1도 없건만, 텐조 선생님은 눈을 감고 정 말 심각하게 갈등하셨다.

나는 고뇌로 일그러지는 미녀 교사의 얼굴을 잠자코 감상 했다.

여전히 어떤 표정을 지어도 한 폭의 그림 같은 여성이다.

텐조 선생님의 천의 얼굴은 분명 평생 쳐다봐도 질리지 않 겠지.

"~윽, 적어도 재료비는 내가 다 낼게!"

고민 끝에 텐조 선생님이 외쳤다.

"그건 수지 타산이 안 맞잖아요. 저도 반은 부담할게요."

"부모님 돈으로 생활하는 학생이랑 어떻게 무 자르듯 더치 페이를 해! 재료비, 가스비, 수고비를 포함해서 내가 더 낼게. 이것만큼은 절대 양보 못 해. 알겠어?"

그렇게까지 말씀하시니 거역할 이유가 없었다.

"알겠어요. 월말에 정산하면 될까요? 영수증은 모아 둘게요."

"그냥 네가 달라는 대로 주려고 했는데."

"제가 많이 청구해서 딴 주머니라도 차면 어쩌려고요."

"널 어느 정도는 신뢰하니까."

"……고맙네요."

텐조 선생님은 나의 엉뚱한 제안을 고마움이 담긴 돌직구로 맞받아쳤다.

"이왕 이렇게 된 거 앞으로 잘 부탁해!"

선생님이 예의를 갖춰 머리를 숙였다.

"그리고 같이 밥을 먹을 때 한 가지 바꿨으면 하는 게 있어."

얼굴을 들더니 이번에는 텐조 선생님이 제안하려는 것 같았다.

"뭔데요?"

"집에서는 날 선생님이라고 부르지 않았으면 좋겠어. 여긴 학교도 아니니까 편하게 하자."

"그럼 저는 텐조 씨라고 부를게요."

"그래. 나는…… 니시키 군이라고 부르면 학교에 있을 때랑 똑같으니까 유나기 군이라고 부를게. 아아, 역시 이름을 부르는 게 더 맘에 들어."

"……."

같은 공간에 있는 게 조금은 익숙해졌다고 생각했는데 오산이었다.

방심한 틈에 천진난만한 미소를 보여 주셔서 내 심장은 간단히 낚이고 말았다.

성이 아닌 이름을 불러 주셨다.

가족이나 친구들이 유나기라고 불렀을 때의 느낌과는 완전 차원이 달랐다.

그 간질간질하면서도 특별한 느낌에 마음속으로 어깨춤을 췄다.

미치겠네. 완전 좋아.

"식기 치울게요."

나는 얼굴이 씰룩거리기 전에 빈 접시를 포갰다.

"그 정도는 내가 할게!"

텐조 선생님이 황급히 손을 뻗자 나와 손이 겹쳤다.

"앗, 미안해!"

그러자 텐조 선생님이 손을 거두셨다.

"아니에요."

하마터면 식기를 떨어뜨릴 뻔했지만, 가까스로 버텼다.

"뒷정리를 할 수 있을 땐 내가 하게 해 줘. 어제처럼 잠들어 버리면 미안하니까."

"……그 말은 앞으로도 제 자취방에 드시러 오겠다는 건가요?"

오늘은 이웃 주민 문제를 어떻게 할 건지 의논하려고 집으로 초대했을 뿐이다.

오시라고 하기가 좀 그래서 만들어 둔 것을 보존 용기에 담아 드리려고 했다.

텐조 선생님의 얼굴이 화끈 달아올랐다.

"미, 미안! 밑 준비나 설거지를 생각하다 보니 내가 먹으러 오는 게 네가 덜 힘들 것 같다고 생각했거든! 매일 밤 놀러 오는 꼴이 되니까 민폐겠구나!"

텐조 선생님은 두 손을 격렬히 움직이면서 필사적으로 해명했다.

"아뇨, 저야말로 착각하게 만들어서 죄송해요! 저희 집에서 드셔도 문제없어요! 민폐라뇨! 아침이든 밤이든 편하게 오세요!"

텐조 선생님 입장에서는 우리 집에서 두 번이나 밥을 먹었으니 그리 생각하는 것도 당연하다.

"저녁뿐만 아니라 아침도 챙겨 주는 거야?! 너무 극진한데?!"

"저도 같은 시간에 일어나니까 부담 없이 드시러 오세요. 먹기만 하는 거라면 아침에도 시간을 낼 수 있으시잖아요."

아침에는 5분도 귀하다.

출발 시각이 같아도 여성은 화장을 하는 만큼 준비하는 데 시간이 걸리기 때문에 남성보다 일찍 일어나야 한다.

"……정말 그래도 돼?"

"네, 따뜻한 게 맛있잖아요."

"응. 나도 그게 좋아."

그리하여 우리는 생활에 관한 규칙을 구체적으로 의논했다.

"있잖아, 이대로라면 나만 너무 득을 보는데?"

"그게 뭐 어때서요."

"어떠냐니! 좀 더 넓은 의미로 서로를 도왔으면 좋겠어."

그리하여 결정된 규칙인 통칭, 이웃 협정은 아래와 같다.

제1조, 이웃에 사는 사실은 두 사람만의 비밀.

제2조, 난처한 상황이 발생했을 때는 주저하지 말고 상대에게 도움을 요청함.

제3조, 평일 아침과 저녁은 니시키 유나기가 준비. 식비는 텐조 레이유가 더 지출함.

제4조, 이웃 협정은 어느 한쪽이 파기를 요청하면 성립할 수 있음.

제5조, 추가 규칙이 필요할 경우에는 적당히 의논한 후에 결정함.

현시점에서는 이 다섯 가지가 기본 사항이다.

"무슨 일이 생겼을 때를 대비해서 연락처도 교환할까?"

선생님은 끝으로 그렇게 말하더니 스마트폰을 꺼냈다.

"그래도 돼요?"

"회의 등으로 늦으면 저녁을 못 먹을 때도 있으니까. 미리 연락하는 게 좋잖아? 설마하니 학교에서 직접 말할 수도 없는 노릇이고. 긴급 사태가 발생했을 때도 유용하게 쓰일 거야."

"저녁 메뉴가 떠오르지 않을 때 상담할 수 있겠네요."

"무슨 신혼부부야?"

선생님이 배를 잡고 깔깔 웃었다.

"매번 메뉴를 짜는 것도 보통 일이 아니라서 원하시는 요리를 말씀해 주시면 도움이 많이 되죠."

"할 줄 아는 게 그렇게 많아?"

텐조 선생님이 나를 존경스럽다는 눈빛으로 쳐다보셔서 황송해졌다.

"레시피 사이트를 참고하는 정도예요."

"괜찮아, 괜찮아. 난 신메뉴를 먹는 것만으로도 즐겁거든."

내 라인#8에 텐조 선생님이 등록되었다.

스마트폰 화면에 선생님의 이름이 표시되는 것만으로도 알수 없는 감동이 느껴졌다.

언제라도 연락할 수 있게 되었지만, 뭐라고 써서 보내면 좋을지 고민되었다. 이상한 문장을 보냈다가 뒤에서 정신 나간

#8 라인 커뮤니케이션 앱.

사람 취급을 당하면 죽어 버리고 싶을 것 같았다.

어쩌지. 어떤 게 메시지 내용으로 적절한지 모르겠다.

그냥 인사부터 시작하는 게 좋을까? 그건 너무 번거로우니까 바로 용건부터 밝히는 게 이 경우에는 정답일까? 존댓말? 그림 문자는 어디까지 허용이 가능한 걸까?

내가 혼란스러워하자 선생님이 먼저 메시지를 보내 주셨다.

선생님은 곧바로 토끼 캐릭터가 잘 부탁한다고 말하는 스탬프를 보내 왔다.

아아, 어렵게 생각하지 말고 가벼운 마음으로 보내면 되는구나. 부담감이 싹 사라졌다.

나도 본인이 눈앞에 있지만, 마찬가지로 스탬프를 보냈다.

이리하여 나와 텐조 선생님의 상부상조가 정식으로 막을 올렸다.

쇠뿔도 단김에 빼랬다고, 이웃 협정이 체결되자 텐조 선생님은 행동이 빨라졌다.

잼으로 만들 딸기를 내 방으로 가지고 오더니 빵을 사 오겠다며 혼자 나가 버리셨다.

나는 나대로 부엌에 서서 냄비에 대량의 딸기를 끓였다.

달콤한 향이 실내에 퍼지기 시작했을 즈음 돌아온 텐조 선생님은 식빵 말고도 여러 가지를 사 오셨다.

"음~. 달고 맛있는 냄새. 자, 식빵이랑 채소나 고기 등 여러

재료를 넣어 만든 빵은 선물이야. 그리고 스콘도 사 왔으니까 어서 잼을 발라 먹어 보자. 홍차도 마시고 싶으니까 물 좀 끓여 줄래?"

텐조 선생님의 한마디에 곧바로 애프터눈 티가 준비됐다.

텐조 선생님이 사 오신 딱딱한 스콘은 식감이 바삭해서 잼과 잘 어울렸다.

차를 마시면서 이야기를 나누는 동안 잼의 열기가 식어서 같이 병에 담았다.

부엌이 좁아서 나란히 서자 어깨가 부딪힐 것 같았다.

"그렇게 많던 딸기도 조리니까 이렇게나 줄어드네. 잼은 사치스러운 음식이야."

텐조 선생님은 정말 즐거운 듯 보였다.

그리고 해가 저물자 세탁한 침구 세트를 들고 다시 오셨다.

"깨끗해졌을 거야. 온 김에 내가 씌울까?"

"제가 할게요."

"잼을 만들어 준 보답이야."

"이미 빵을 받았으니까 괜찮아요."

"사양하지 마. 오늘은 아침부터 움직여서 하루가 기니까 기분이 좋아."

텐조 선생님이 멋대로 침대 커버를 씌우기 시작했다.

실제로 누나가 있으면 이런 느낌일까.

텐조 선생님은 오늘 하루 만에 집에 함께 있을 때의 적절한 거리감을 찾은 모양이었다.

학교에서 보여 주는 만인에게 평등한 친근함과는 또 조금 다른, 보다 스스럼없는 개인적인 친밀감을 느꼈다.

……그렇다고는 하나.

텐조 선생님은 내 침대 위에 올라가 네발 기기 자세를 취하고 있었다.

주름이 지지 않도록 정성스러운 손놀림으로 침대 커버를 씌우고 있을 뿐이었다.

하지만 그 둥그스름하고 커다란 엉덩이가 강조된 광경은 실로 고민스러웠다.

보고 싶지만 봐선 안 될 것 같은 것을 본 느낌…….

"자, 끝났어! ……어? 왜 지금 얼굴 돌렸어?"

"기, 기분 탓이에요. 씌워 주셔서 감사해요."

"내가 벗긴 걸 원래대로 돌려놨을 뿐이야."

텐조 선생님은 본인의 일 처리에 만족하고는 현관으로 향했다.

"여러모로 고마웠어. 월요일부터 아침밥 잘 부탁해."

"네. 잘 부탁드려요."

나는 텐조 선생님이 집으로 가시는 걸 배웅하고 자취방 문을 잠그려고 했다.

그러자 선생님이 얼굴을 빼꼼히 내밀었다.

"뭐 놓고 가셨어요?"

내가 묻자, 텐조 선생님은 빙그레 웃으시며 시간차로 훅 들어왔다.

"유나기 군은 엉덩이를 좋아해?"

"눈치챘으면 그냥 넘어가 주세요!"

"시선을 느꼈는걸."

"큰 건 좋은 거예요."

나도 뻔뻔하게 응수했다.

"그럴 나이지. 엉큼해."

"상관없어요. 사춘기가 아니더라도 텐조 씨는 인간적으로 매력적이에요. 시선을 빼앗기는 건 어쩔 수 없어요."

변명은 하지 않았다. 왜냐하면 사실이다.

그것은 이성으로서의 매력에 국한되지 않고, 선생님의 밝은 분위기나 눈부신 미소 등 존재하는 모든 것이 나에게는 특별하게 느껴졌기 때문이다.

"무, 무슨 소릴 하는 거야?!"

선생님은 긴 머리카락을 찰랑거리면서 어쩐지 빠른 걸음으로 집에 돌아갔다.

텐조 선생님이 내 자취방에서 나가기만 했을 뿐인데 꿈에서 깬 듯한 쓸쓸함을 느꼈다.

아아, 나한테도 오늘은 즐거운 휴일이었구나.

얼마 만에 누군가와 함께 휴일을 보낸 걸까.

☀ ☀ ☀

날이 밝아 월요일 아침.

늘 그랬듯이 옆집에서 들리는 알람 소리에 나도 눈을 떴다.

옆집 주민— 담임인 텐조 선생님은 아침잠이 많다.

오늘도 어제와 다름없이 알람 소리는 곧바로 꺼지지 않았고, 겨우 멈췄구나 싶으면 잠시 후에 다른 소리가 들렸다.

여태껏 평일 아침에는 그것이 반복되었다.

나는 스마트폰으로 아직 침대 안에서 졸음이라는 악마와 싸우고 있을 선생님께 메시지를 보냈다.

유나기: 텐조 씨, 좋은 아침입니다.

일어나셔서 아침 드시러 오지 않으실래요?

달걀프라이를 할 건데 어느 정도로 익히는 걸

좋아하시는지 알려 주세요.

나도 아침 단장을 하고 방으로 돌아오자, 몇 번째인지도 모를 알람 소리가 옆집에서 들렸다.

잠옷에서 교복으로 갈아입고 있을 때 이번에는 곧장 소리가 멈췄다.

"오, 웬일로 빠르네."

부엌에 서자마자 동시에 스마트폰에 메시지가 도착했다.

레이유: 좋은 아침이야, 유나기!

아침부터 시끄럽게 해서 미안!

달걀 프라이는 반숙으로 부탁해!

기세 좋은 문장을 보고 아침부터 웃고 말았다.

소소한 대화에 기운을 얻어 아침 식사를 준비했다.

2인분의 요리가 테이블에 놓였을 때 내 자취방 초인종이 울렸다.

"좋은 아침."

"……."

숨이 멎었다.

머리카락은 정돈되어 있고 화장을 연하게 한 직장인 모드인 텐조 선생님이 집 앞에 서 있었다.

뭐랄까, 오늘 하루도 파이팅! 같은 기합을 넣기 전의 공회전 상태.

텐션을 끌어올리는 도중인, 일과 사생활의 중간 지점에서 나타나는 희소한 표정.

"유나기 군. 왜 멍하게 서 있어?"

"텐조 씨의 귀한 등교 전 모습을 볼 수 있어서 아침부터 눈이 호강하네요."

"……? 시간 없으니까 일단 들어갈게."

선생님은 내 자취방에 거침없이 들어오셨다.

그리고 가방을 내려놓고 테이블 앞에 앉으셨다. 하지만 조식에는 손을 대지 않았다.

"아침을 먹을 수 있는 게 이렇게 기쁠 줄이야. 역시 인생에 필요한 건 여유야."

텐조 선생님은 감동하고 계셨다.

오늘은 수제 딸기 잼을 바른 토스트와 달걀 프라이. 그리고 소시지와 샐러드, 수프로 구성된 조식의 정석을 준비했다.

"자, 유나기 군도 앉아. 같이 먹자."

뒤를 돌아보는 텐조 선생님은 자기 옆자리를 손으로 통통 두드렸다.

"아, 먼저 드셔도 돼요. 저는 커피를 내리려고요."

"우유면 돼. 어서."

재촉하듯 손짓하는 바람에 나도 앉았다.

"그럼, 잘 먹겠습니다!"

텐조 선생님은 의리 있게 내가 오길 기다린 후에야 드시기 시작했다.

"반숙 프라이의 완성도가 높네. 반할 것 같아."

"양념은 뭐로 하실래요? 간장, 소금, 후추, 케첩?"

"당연히 간장!"

"저도요."

탁상용 간장을 선생님 앞에 두었다.

"음─. 이 걸쭉한 노른자가 너무 좋아. 게다가 유나기 군이 만들어 준 잼도 역시 최고야. 오랜만에 먹는 잼 토스트는 왠지 추억이 생각나는 맛이야."

나도 동의한다. 마지막으로 먹은 게 언제였더라.

"아침부터 제대로 된 식사를 준비하다니 대단해! 내가 사 온 빵으로도 충분했는데."

"일부러 이웃 협정까지 맺었는데 첫날부터 거저먹으려고 할 리 없잖아요. 그리고 그 빵은 오늘 제 점심이에요."

"그걸로 돼? 더 먹어야지."

"점심은 항상 매점이나 편의점에서 해결해서 오히려 질이 상승한걸요. 텐조 씨야말로 여전히 아침에 일찍 일어나는 게 힘드신가 봐요."

"아냐, 너랑 약속한 이상 당연히 먹으러 와야지!"

"못 오실 줄 알았거든요."

"그 왜, 평소에는 아침잠이 많아도 여행지에서는 벌떡 일어나잖아. 호텔 조식은 무슨 일이 있어도 먹고 싶은 법이거든."

"아—. 어떤 기분인지 알아요."

"그렇지? 일찍 일어난 보람이 있네. 고마워."

텐조 선생님은 흔해 빠진 조식을 즐기면서 순식간에 싹쓸이하셨다.

"먼저 갈게. 정리도 못 도와줘서 미안해. 학교에서 봐."

"네, 다녀오세요."

"……배웅해 주는 사람이 있으니까 좋네."

텐조 선생님은 씩 웃으시고는 역으로 향했다.

분주한 아침의 한 장면도 나름 괜찮다고 생각했다.

"얘들아, 좋은 아침!"

2학년 C반 교실로 들어온 텐조 선생님은 시원시원한 목소리로 인사했다.

그리고 아침부터 기운 넘치는 모습으로 교실을 둘러보았다.

"오늘도 아침부터 이렇게 쨍쨍하니 마치 여름처럼 덥네. 자외선이 장난 아닐 것 같아. 자외선 차단제를 일찍 발라 놔야겠어."

텐조 선생님은 그렇게 말씀하시며 상의 재킷을 벗었는데 안에는 민소매 니트를 입고 계셨다.

가녀린 어깨에 희고 가는 팔뚝이 늘씬하게 뻗어 있었다.

텐조 선생님은 서 있는 자세 자체가 아름다워서 넋 놓고 보게 된다. 수영복을 입고 있다면 훨씬 매력적이겠지.

텐조 선생님이 고문이 된 후, 수영복을 입은 선생님을 보려고 체험 입부가 격하게 늘었다는 이야기를 들은 적이 있다.

나도 수영복을 입은 텐조 선생님을 볼 수 있다면 보고 싶다.

"그럼, 학급 위원. 인사하자."

인사 구령에 맞춰 나도 자리에서 일어났다.

텐조 선생님은 교실로 들어온 후, 한 번도 내 쪽을 바라보지 않았다. 이렇게 눈앞에 서 있어도 시선을 맞추지 않고 계속 교실 전체를 바라보면서 이야기하셨다.

철두철미한 저 태도를 나도 배워야겠다.

나는 선생님의 사생활을 조금 알게 됐다고 우쭐한 마음을 다잡았다.

여긴 학교다.

비밀이 들키지 않도록 이웃 협정에 따라서 공과 사는 확실히 구분해야 한다.

착석 후 선생님은 평소처럼 경쾌한 템포로 출석을 불렀다.

"다음, 유나— 니시키 군."

감탄도 잠시, 텐조 선생님은 느닷없이 허점을 드러낼 뻔했다.

벌써? 입에서 자연스럽게 나올 만큼 제 이름을 많이 부르지도 않았잖아요?!

"네."

나는 아무 일 없었던 것처럼 대답했다.

여기서 이상하게 반응했다가 의심받으면 곤란하다.

슬쩍 위를 올려다보자, 텐조 선생님의 눈은 이 정도는 괜찮다고 말했다.

"아직 쿠호인 양이 안 왔네."

그리고 반 아이들의 이름을 다 부르시더니 상습 지각생의 책상이 있는 창가 쪽으로 시선을 보낸다.

드르륵.

호랑이도 제 말 하면 온다더니 2학년 C반의 문이 열리면서 쿠호인이 느긋하게 들어왔다.

"오늘은 세이프."

쿠호인 아키라는 김빠진 목소리로 인사도 하지 않고 교탁까지 걸어갔다.

작년까지는 운동할 때 방해되지 않도록 짧게 자른 머리카락 때문에 상당히 보이시한 인상을 주었다. 그러나 지금은 머리카락을 어깨 근처까지 기른 상태였다. 대충 입은 듯한 교복에 카디건을 허리에 둘렀다. 셔츠 위쪽 단추가 떨어진 건 급성장한 가슴 때문일까? 유난히 치마가 짧아 보이는 건 쿠호인의 다리가 길기 때문일 것이다. 육상부 시절에 단련했던 흔적이 굵직한 허벅지에 남아 있었다.

커다란 눈은 졸음 때문인지 반쯤은 감겨 있었고, 마음이 다른 곳에 가 있는 듯한 따분한 표정은 묘하게 퇴폐적인 색기를 자아냈다.

한때는 스포츠 소녀였지만, 부상으로 인해 은퇴 후 완전히 무기력해졌다.

"쿠호인 양, 또 지각이야. 오늘은 왜 늦었어?"

"침대가 놔주질 않잖아요."

그걸 이유라고 말하다니 정말이지 뻔뻔하기 짝이 없다.

천하의 텐조 선생님께 반항하다니 배짱 한번 두둑하다. 상대는 아무 데나 있는 미인과는 차원이 다른데.

선생님에게 잘못한 것이 없음에도 불구하고 어설프게 달려들면 주변 사람들에게 미인을 질투한다는 인상을 줄 수 있었다. 보통은 본인의 이미지를 생각해서 그런 위험 부담이 큰 짓은 하지 않을 텐데.

하지만 쿠호인은 주저하는 기색은 보이지 않았다.

스스로에게 자신이 있는 건지 아니면 될 대로 되라는 건지.

쿠호인 아키라도 우리 학년에서 손에 꼽히는 미소녀였다.

작년까지는 스포츠 소녀였음에도 은근히 인기 있었는데, 은퇴 후에 갑자기 여자다워져서 호의를 품은 남학생이 늘었다고 들었다.

"조례 시간에 늦지 않도록 알람을 맞춰서 일어나도록 해."

텐조 선생님은 멋대로 자리로 들어가려는 쿠호인을 세워서 주의를 주었다.

칠판 앞— 다시 말해 내 앞에서 두 사람이 마주 섰다.

"저는 침대를 사랑해서 계속 같이 있고 싶어요."

"쿠호인, 아무리 사랑해도 떨어지지 않으면 안 되는 때가 있는 법이야. 이대로 계속 지각하면 3학년으로 진급 못 할 수도 있어. 생활 태도를 바꿔."

텐조 선생님은 조용히 꾸짖었다. 무엇보다 간접적으로 유급을 걱정하고 있었던 것이다.

"그건 그때 가서 생각할게요."

그러나 쿠호인은 자기 문제인데 하나도 관심이 없었다.

쿠호인은 불안이나 동요를 전혀 보이지 않고는 알아서 한다는 식으로 정색했다.

"아니, 그럴 수는 없어."

"좋을 대로 하시라고요. 전 선생님이랑 다르게 어른이 되어서도 매일 아침 일찍 일어나면서까지 다니고 싶을 정도로 학교를 좋아하지 않거든요."

쿠호인은 분명 빈정거릴 심산으로 말했으리라.

하지만 텐조 선생님이 아침에 어떤 표정이었는지 아는 나는 무심코 웃음을 터트렸다.

"니시키, 뭐가 웃긴 거야?"

쿠호인이 눈을 가늘게 뜨고 이쪽을 내려다보았다.

일단 나는 쿠호인이 내 이름을 알고 있다는 사실에 놀랐다.

선생님도 나를 쳐다보면서 뭔가 말하려는 듯한 표정을 짓고 있었다.

"눈치 없이 굴어서 미안. 꽃가루 알레르기가 심해서."

그에 나는 적당히 둘러댔다.

"절대 기침이 아니었어. 게다가 왠지 표정도 얼간이 같아."

쿠호인은 낮게 웃었다.

"야야, 쿠호인. 너야말로 지각한 주제에 왜 아침부터 남의 얼굴 가지고 시비야?"

맨 앞줄에 앉았다는 이유로 화풀이 대상이 되는 건 좀 아니지 않나. 애초에 지각하면 조금은 주눅 든 모습을 하고 교실 뒷문으로 들어오라고. 왜 굳이 맨 앞줄에 있는 내 앞을 지나가려는 거야?

"시비를 건 건 표정뿐이야. 생긴 것에 대해선 함구할게."

"얼버무리면 궁금하잖아!"

"그래그래, 꽃미남이다."

"영혼이 없잖아."

"그렇지 않아."

쿠호인과 눈이 마주쳤다.

보고 있으니 빨려 들어갈 것 같은 눈동자였다.

쿠호인은 대화를 멈추려는 듯 갑자기 침묵했다.

실은 내가 신경 쓰여서 멋쩍음을 감추려는 건가?

"우왓, 부끄러워하는 것 좀 봐. 여자가 하는 말을 곧이곧대로 믿는 거야? 자아도취남이구나?"

"상습 지각생은 남한테 신경 끄시지."

"오늘은 1교시 전에 왔거든?"

그러니까 지각은 아니라는 논리의 쿠호인은 남의 말을 들을 생각이 없어 보였다.

교실 앞에서 텐조 선생님이 옆에 계신대도 저런 식으로 뻔뻔하게 구는 태도가 오히려 신선할 정도였다.

"사람들은 보통 조례 전에 교실에 없으면 지각으로 치거든. 봐, 쿠호인 너 말고는 다들 제시간에 왔잖아?"

나는 초등학교에서 배우는 규칙을 말해 주며 쿠호인에게 교실을 한번 보라는 듯 재촉했다.

"다들 일찍 오고 기특하네."

쿠호인은 패기 없는 목소리로 반 친구들을 놀리듯 칭찬했다.

나와 쿠호인의 대화를 옆에서 보고 있던 텐조 선생님은 어째선지 입가를 누르고 있었다. 그 손 밑에서 웃음을 참고 있는 기척이 들렸다. 까딱하다간 허리가 앞으로 꺾일 정도였다.

화를 낸다면 이해가 가지만, 웃음보가 터질 요소가 있었나?

"텐조 선생님?"

나는 이해가 되지 않는 반응에 이유를 묻고 말았다.

쿠호인도 의아하다는 듯 미간을 찌푸렸다.

"아아, 미안해. 내 사정이니까 신경 쓰지 않아도 돼."

텐조 선생님은 진지한 얼굴로 돌아와 쿠호인과 다시 마주 섰다.

"일단 1교시가 시작하니까 자리에 가서 앉아. 앞으로 계속 지각하면 교무실에서 잔소리를 듣는 건 물론이고, 부모님을 모셔 오라고 할 거야."

텐조 선생님은 끝으로 그렇게만 주의를 주고 조례를 마쳤다.

흐음, 결국 텐조 선생님이 웃음을 참았던 이유는 알 수 없었다.

집에 가면 물어봐야겠다.

"다녀왔습니다!"

오늘도 밤 9시가 지났다.

월요일부터 잔업이라니 참 열심이다.

내 자취방 초인종이 울려 문을 열자, 텐조 선생님이 기분 좋게 서 계셨다.

"다, 다녀오셨어요?"

너무 당당하게 말하니까 나도 반사적으로 그렇게 대답해 버리고 말았다.

"응. 퇴근하고 왔을 때 집이 밝으니까 참 좋네."

"선생— 아니, 텐조 씨. 지금 다녀왔다고…….

"이상해? 거의 집에 온 거나 다름없잖아. 아—. 피곤해."

텐조 선생님은 신발을 벗고 내 자취방으로 들어오셨다.

"텐조 씨 집은 바로 옆이잖아요."

"자질구레하게 뭘 그런 걸 따져. 자, 선물 받아."

선생님은 아침과 동일하게 내 자취방에 저녁을 드시러 오셨다.

선생님은 서류 가방에서 편의점 디저트를 꺼내 나에게 건넸다.

"옷부터 갈아입지 않아도 돼요? 저는 상관없지만."

본인 집에 먼저 들르지도 않고 정장 차림으로 곧장 이쪽으로 직행했다.

"기다리게 하기 미안해서."

"배려도 선물도 필요 없어요."

"편의점 디저트야. 게다가 퇴근길에 있는 편의점은 일하는 어른들에겐 마음의 오아시스라고."

"무슨 뜻이에요?"

"바쁘고 지친 사회인이 퇴근길에 들르는 소소한 쉼터이자 온종일 열심히 일한 보상의 보급 지점이지. 내 경우에는 달콤한 디저트가 먹고 싶어서 참을 수가 없었어."

그렇군. 퇴근길의 쇼핑은 소소한 휴식도 겸하는구나.

"그래서 슈크림이랑 푸딩을 샀어요?"

"신제품은 먹어 봐야 하지 않겠어? 먹고 싶은 걸 골라도 돼."

"저녁 먹고 단것까지 먹으면 살찌지 않아요?"

"오늘도 열심히 헤엄치고 왔으니까 전혀 문제없거든! 게다가 디저트 배는 따로 있어!"

선생님은 재킷을 벗고 자신만만하게 승리 포즈를 취했다.

밤에 디저트를 먹는 것에 대한 죄악감은 느끼지 않는 모양이다.

수영부 고문으로서 평소에 헤엄치고 있다는 걸 면죄부로 삼고 있었나 보다.

하긴, 저 낭창낭창한 팔과 다리를 보면 이해가 된다.

"냉장고에 넣어 줘. 난 손 씻고 올게."

나에게 디저트를 맡긴 텐조 선생님은 세면장으로 사라졌다.

텐조 선생님의 소박한 즐거움을 이러쿵저러쿵하는 건 촌스러운 짓이다.

디저트를 냉장고에 넣은 나는 요리를 마무리하려고 가스 불에 프라이팬을 달구었다.

교사란 직업이 바쁘고 힘든 일임을 다시금 깨닫게 됐다.

아침부터 학교에 가서 온종일 교단에 서서 수업을 한다. 저녁 무렵부터는 수영을 지도하느라 신체도 사용한다. 그 일이 끝나면 다시 교무실에서 사무 작업에 매진한다. 일이 끝날 무렵에는 녹초가 되겠지. 퇴근 후에 유흥을 즐기려면 상당한 기합이 필요할 것이다.

하루 일정이 꽉 채워져 있고, 10대 청소년을 상대하는 일이라 예상 밖의 트러블도 발생한다.

쿠호인의 습관성 지각이 바로 그것이다.

개선하지 않으면 한 학생의 인생이 크게 달라지고 만다.

본인 책임이라며 내버려두는 사람이 있는 한편, 텐조 선생님처럼 성실한 교사는 그러기 어렵다.

나는 문득 그밖에 텐조 선생님의 마음고생을 가볍게 할 수 있는 방법이 없을까 생각했다.

"자자—. 오늘 저녁 메뉴는 뭘까?"

콧노래를 흥얼대며 돌아온 텐조 선생님은 내 어깨너머로 손이 있는 쪽을 엿보았다.

"너무 가까워요."

텐조 선생님은 엿보면서 내 어깨에 자연스럽게 두 손을 올렸다.

손이 닿은 왼쪽 어깨가 갑자기 뜨거워진 느낌이 들었다.

"이 아파트 복도가 좁은 거야. 내 잘못이 아니라고."

복도는 선반이나 냉장고 등의 가구와 가전을 놓아두면 두 사람이 섰을 때 꽉 차는 넓이였다.

도쿄에서 월세가 저렴한 원룸 아파트가 좁다란 건 어쩔 수 없다.

"떨어져 있어도 물어볼 수 있거든요?"

"남자가 프라이팬을 능수능란하게 다루는 모습을 자세히 보고 싶어서."

"안 됐지만, 다시 데울 뿐인 별것 아닌 작업이에요. 그리고 불 옆에서 장난치지 마세요."

"네—."

텐조 선생님의 손이 어깨에서 멀어졌다. 행동도 아침보다 훨씬 편해졌다.

정말 자기 집에 있는 기분인가 보다.

긴장했던 건 아마도 나뿐인 모양이다.

"오늘 좀 들뜨신 것 같은데요?"

"집에 돌아왔을 때 따뜻한 저녁 식사가 기다리고 있는 건 혼자 살면 있을 수 없는 일이잖아. 퇴근길 발걸음도 평소보다 가벼웠어."

"텐조 씨는 음식을 만들어 주는 보람이 있어요."

"안심해. 나 엄청 배고파. 어떤 요리라도 싹 비워 줄게."

텐조 선생님은 우쭐한 얼굴로 자신의 홀쭉한 배를 문질렀다.

"맛이 없어도 다 드시겠다는 의미예요?"

"반대야. 널 믿고 있단 얘기지."

귀여운 행동에 호감도가 한층 더 올라갔다.

"지금 가져갈 테니 앉아서 기다려 주세요."

"나도 도울래."

"그럼, 밥을 담아 주세요. 밥그릇은 거기 선반에 있어요. 드시고 싶은 만큼 담으세요. 저는 보통요."

"……일부러 기다려 준 거야? 유나기 군이 훨씬 배고플 것 같은데?"

내가 저녁을 먹지 않았다는 걸 알자 조금 전까지 들떠 있었던 얼굴은 어디론가 사라졌다.

텐조 선생님은 이쪽을 걱정하는 듯한 표정으로 변했다.

"늦게 만들기 시작해서 그래요. 하교할 때 슈퍼에서 장을 보고 와서 잠깐 졸았거든요. 게다가 만들면서 찔끔찔끔 먹었어요."

"앞으로는 네가 먹고 싶을 때 먹으면 돼."

"배고프면 그렇게 할게요."

"여기선 대등하니까 그렇게 예의 차릴 필요 없어."

"선생님의 반응을 직접 보고 싶은 것도 있어요. 오늘은 신메뉴거든요."

나는 데우는 중인 생선조림이 타지 않도록 신경 썼다.

"─호오, 첫날부터 자신 있는 메뉴가 아니라 느닷없이 도전하는 배짱이 맘에 들어."

선생님은 하얀 이를 보이면서 웃었다.

내가 무슨 말을 해도 잘 받아쳐 주는 점이 참 고맙다.

"저 혼자 있으면 생선조림 같은 건 잘 안 만들어서 도전해 봤어요."

오늘 저녁 메뉴는 밥과 된장국, 생선조림과 계란말이, 시금 치나물로 된 일식 메뉴.

테이블로 옮겨 우리는 같이 저녁을 먹었다.

"텐조 씨, 오늘 아침에 저랑 쿠호인이 얘기하고 있을 때 웃고 싶은 걸 참으시는 것 같던데요?"

"아, 응. 웃음이 나오려는 걸 참았지."

"재밌는 부분이 있었나요?"

"그게— 쿠호인을 보고 있으면 내 10대 시절이 떠오르거든."

"텐조 씨도 옛날에 그렇게 날이 서 있었어요?"

"10대 시절에는 나도 주변의 모든 게 마음에 안 들었거든. 항상 기분이 좋지 않고, 어른들에게 반항적인 시기가 있었기 때문에 어떤 마음인지 잘 알아. 도무지 남 일 같지 않아서 말이야. 옛날 생각이 나기도 하고 부끄럽기도 해. 아이~ 몰라."

선생님은 입에 담는 것만으로도 부끄러운 듯 바동거렸다.

밝고 예쁘고 성격 좋은 누나라는 이미지에서는 상상도 안 됐다.

"뭐랄까 청춘 같네요."

"그래도 당시에는 진지하게 고민했었고, 괴로웠었지. 지금 생각하면 미숙했다고 웃을 수 있지만. 내 졸업 앨범이 눈앞에 펼쳐진 것 같은 기분이 들어서 나도 모르게 웃음이 나왔어."

뭐야, 그 청춘 플래시백은?

"청춘의 미아들을 인도하는 어른이 되고 싶어서 교사가 된 거지."

"경험을 살릴 수 있어서 좋네요."

상대의 아픔이나 괴로움을 알아주는 어른이 가까이에 있다는 건 감사한 일이다.

"네 나이 때는 자기를 방어하려고 공격적인 말투로 상대를 다가오지 못하게 하거든. 유나기 군도 반 친구로서 쿠호인 양이 곤란한 상황에 놓였을 때 도와주면 담임으로서 고마울 것 같아."

"제가 도와줄 수 있을 땐 도울게요."

내 대답에 텐조 선생님은 만족스럽다는 듯 미소를 지었다.

"고마워. 그런 아이일수록 티 나지 않는 친절에 약하거든."

"텐조 씨, 꽤나 경험치가 느껴지는데요?"

"옆집 주민이 손수 만든 요리를 대접받는 몸이니까. 오늘도 맛있었어. 잘 먹었습니다."

텐조 선생님은 오늘도 음식을 깨끗이 다 드셨다.

"내가 치울게."

식사가 끝나자 텐조 선생님은 자진해서 설거지를 해 주셨다.

긴 머리카락을 뒤로 묶은 텐조 선생님은 내 앞치마를 걸치고 부엌에 서셨다.

나는 침대 위에 누워 잠깐 휴식을 취했다.

아무리 내가 집주인이라지만 담임 선생님께 설거지를 시켜도 되는 걸까? 나는 몇 번이나 텐조 선생님의 요청을 거절했지만, 받아들여지지 않았다.

스마트폰을 만지작거리면서도 진정되지 않아서 무심코 그 뒷모습을 바라보았다.

"동거하면 이런 느낌일까."

내가 공연히 달콤한 망상을 하고 있을 때 전화벨이 울렸다.

"전화 왔어? 신경 쓰지 말고 받아."

텐조 선생님은 뒤를 돌아보지 않고 식기를 계속 헹궜다.

전화 수신으로 부르르 떠는 내 스마트폰.

화면에 표시된 이름은 니시키 카구야였다.

나는 숨기듯 스마트폰을 뒤집었다.

"별것 아니에요. 괜찮아요."

"하지만 아직 울리잖아. 마침 설거지도 끝났으니까 난 조용히 하고 있을게."

텐조 선생님은 냉장고에서 본인이 사 온 디저트를 가지고 왔다.

"늘 안 받는 사람이라서."

"……내가 방해되는 거라면 집에 갈게."

"여기서 디저트도 먹고 가세요."

스마트폰은 아직도 울리는 중이었다.

"혹시 가족한테 온 전화야?"

"예리한 건 여전하시네요."

"항상 뭐든 말해 주는 네가 숨길 만한 일이 그것밖에 떠오르지 않았을 뿐이야."

"친한 사이라도 예의를 지켜야죠."

"미안해. 다만 눈치챈 것뿐이야."

수신음이 겨우 끊겼다.

"텐조 씨가 신경 쓰실 일이 아니에요. 얼른 디저트 먹죠."

식후에 마실 차를 따르면서 텐조 선생님이 사 오신 디저트를 같이 먹었다.

텔레비전을 같이 보며 나누는 소소한 대화가 즐거웠다.

"그 푸딩도 한 입 줘 봐."

"앗! 같이 먹는 거였어요?"

"내가 사 왔으니까 괜찮잖아."

"저한테 주는 선물이라면서요."

"궁금해서 못 참겠어."

"완전 억지네요."

"여자끼리는 다 이렇게 해."

"일단 저도 남자거든요."

"그렇게 선언하면 기세가 꺾여서 못 먹겠잖아."

텐조 선생님은 볼을 발그레 물들였다.

"부끄러워하면서도 먹고 싶다니."

결국 웃고 말았다. 나에게 텐조 선생님은 완전히 걸신 캐릭터다.

하지만 그러한 솔직함이 점점 사랑스러워졌다.

학교에서는 보여 주지 않는 솔직한 반응이나 약한 모습을 내게는 보여 주는 점이 기분 좋고, 텐조 선생님께 도움이 되는 내가 조금은 자랑스러웠다.

게다가 식사를 마치고 텐조 선생님과 딱히 뭘 하는 것도 아닌데, 느긋하게 보내는 시간이 즐거웠다.

결국 텐조 선생님은 좋아하시며 내 푸딩까지 날름 드셨다.

이런 이름 없는 일상을 행복이라 부르는 걸까.

막간 2 제트 코스터 로맨스

"아―. 이런 게 음식 솜씨에 반한다는 거구나."

옆집에서 본인의 거처인 103호실로 돌아와 침대에 누웠다.

나는 빵빵해진 배에 두 손을 얹으며 천천히 퍼지는 행복감을 느꼈다.

유나기 군의 집에서 밥을 먹은 횟수는 총 네 번이지만, 이미 내 안에서는 빼놓을 수 없는 것이 되어 가고 있었다.

"어쩐지 걔가 더 어른 같아."

나를 맞이해 준 유나기 군은 이웃 협정에 따라 식사를 만들어 기다려 주었다.

균형 잡힌 영양을 고려한 맛있는 저녁 식사. 생선요리는 의식하지 않으면 좀처럼 먹지 않기 때문에 상당히 고마웠다. 처음 도전한 요리라는 생각이 들지 않을 정도로 완성도가 높아서 나는 크게 만족했다.

돌아오면서 스마트폰으로 시간을 확인하자 생각했던 것보다 훨씬 늦은 시각이었다.

평소 같았으면 벌써 곤죽이 되어 잠에 곯아떨어졌을 시간이었던 것이다.

"옆집에서 너무 잘 쉬었네."

원래 나는 친한 사이가 아니면 같이 밥을 먹는 걸 영 불편해했다.

밥을 다 먹었으면 집에 와야 하는데, 식사가 끝난 후에도 텔레비전을 보면서 수다를 떨고 말았다.

유나기 군의 집은 그만큼 내게 편안함을 주었다.

구조가 같은데 내 방보다 훨씬 마음 편히 있을 수 있었다.

참 희한한 일도 다 있다.

"유나기 군이랑 같이 밥을 먹게 된 후로 마음이 안정돼 가는 게 느껴져."

가사라는 물리적인 부담을 맡아 주는 것 이상으로 정신적으로 편안해졌다.

"동거라는 게 이런 느낌일지도 몰라."

유나기 군의 집에서 같이 시간을 보내는 것뿐인데 어쩐지 즐거웠다.

"뭐래. 남자라고 해도 걔는 학생이야!"

그러다가 즉각 스스로 부정했다.

유나기 군은 내가 그 나이일 때보다 똑똑하고 침착해서 연하라는 것을 잊어버리기 일쑤였다.

그리고 상대방의 말을 잘 들어 줘서 결과적으로 나만 수다를 떨고 만다. 밥을 먹으면서 대화 상대까지 되어 주니 다시 활력이 생기는 거겠지.

"일반적으로 다들 이런 식으로 상대의 집에 오가는 사이에 사귀게 되는 걸까……."

천장을 바라보면서 점점 자기가 한 말에 얼굴이 뜨거워졌다.

나는 침대 위에서 꿈틀꿈틀 몸부림쳤다.

"정신줄 꽉 잡아! 이 경솔한 텐조 레이유! 아무리 연애 경험이 없어도 그렇지, 걔는 연하에다 우리 반 학생이잖아! 망상은 그만해!"

스스로를 타박하자 억누르고 있던 것이 한꺼번에 뿜어져 나왔다.

"아니, 걔도 그래. 무슨 애가 융통성이 없어! 앞치마 차림으로 내가 올 때까지 밥도 안 먹고 기다리다니. 의리파야, 의리파. 충견이냐?"

난 긴장한 걸 숨기려고 억지로 텐션도 올리고, 화제가 끊기지 않도록 디저트를 2인분이나 사 갔단 말이야.

어른의 여유를 보여 주려고 집으로 찾아간 건데, 어느 틈엔가 일방적으로 치유 받고 말았다.

"티 났으면 어쩌지……."

연하남의 손바닥 위를 굴러다니는 느낌이 들어서 상당히 부끄러웠다.

"이게 연애라는 거라면 나한텐 전개가 너무 빨라."

안전장치도 없는 제트코스터에 언제부턴가 타고 있는 기분이다.

내가 준비할 시간도 없이 출발해서 어디로 향하는지도 모른다.

교사와 학생이라 모르는 사이는 아니지만, 옆집에 산다는 이유로 집에 드나들며 같이 밥을 먹는 관계는 대체 뭘까.

혼자서는 답이 나오지 않아서 늘 그랬던 것처럼 친구에게 전화를 걸었다.

하지만 오늘은 운 나쁘게도 친구는 전화를 받지 않았다.

"네가 적극적으로 행동하라고 한 탓에 이 사달이 났는데~."

옆집 주민에게 딸기를 나눠 주러 갔을 때를 기점으로 내 생활은 백팔십도 바뀌고 말았다.

학교에서도 집에서도 니시키 유나기라는 남자아이가 가까이에 있다.

가까이에 있으면 아무래도 신경이 쓰이는 법이다.

"안 되겠어. 기분 전환이 필요해! 수영복을 말리고 샤워를 하고 수업 준비를 하자!"

침대에서 몸을 일으키자 시각은 어느덧 밤 11시가 지나고 있었다.

오늘 부활동 때 입었던 경영 수영복을 말리고 욕실로 향했다. 욕조에 몸을 푹 담그고 싶지만, 샤워로 끝을 냈다.

개운해진 상태로 파자마로 갈아입고, 물을 마신 후 드라이기를 손에 잡았다.

머리카락이 길면 말리는 데도 한참 걸려서 번거롭다. 잠시 한눈을 팔면 머리카락이 상해서 볼륨이 죽기 때문에 소녀의 오기로 이것만큼은 대충할 수 없었다.

머리를 다 말리고 나자 문득 시야 가장자리에 검은 그림자가 움직인 느낌이 들었다.

"꺄아아아아아————————?!"

순간 그 검고 불쾌한 존재의 실루엣이 뇌리를 스쳐 지나가 크게 비명을 지르고 말았다.

급히 소리를 억누르려고 두 손으로 입을 막고 황급히 머릿속에서 검은 이미지를 쫓아냈다.

실눈을 뜨고 벌벌 떨면서 바닥이나 방 모서리 등을 확인했지만, 무언가가 있는 기색은 없었다.

"잘못 본 거야! 그래, 틀림없이 그냥 잘못 본 거라고!"

제발 아무 일도 일어나지 않게 해 달라고 필사적으로 기도했다.

그때 현관 초인종이 울렸다.

"설마 유나기 군?"

이렇게 늦은 시각에 찾아올 사람은 그 말곤 생각할 수 없었다.

혹시 몰라 카디건을 어깨에 걸치고 현관으로 향했다.

숨을 죽인 채 도어 스코프(door scope)를 들여다보자 역시 유나기 군이 서 있었다.

나는 문을 열었다.

"유나기 군, 이 시간에 어쩐 일이야?"

"텐조 씨의 비명이 들린 것 같아서요. 괜찮으세요?"

"조금 놀라서 그런 거니까 신경 쓰지 마. 일부러 와 줘서 고마워."

"이웃 협정 제2조 「난처한 상황이 발생했을 때는 주저하지 말고 상대에게 도움을 요청함」 그러니까 신경 쓰지 마세요."

"……도와 달라고 하기도 전에 왔잖아."

누군가 자신을 신경 써 주는 것은 고마운 일이라고 생각한다.

"또 울면 걱정되니까요."

유나기 군은 신경 쓰지 말라고 농담처럼 말을 맺었다.

"깨운 거라면 미안해."

"숙제하던 중이었어요."

"아, 혹시 나 때문에 밤새하는 거야?"

"원래 이 시간까진 안 자니까 오해하지 마세요."

"많이 안 자면 키 안 커."

"이제 클 만큼 컸죠."

수줍게 웃고 있지만, 그는 나보다 머리 하나는 컸다.

아아―. 어리다고 생각했지만, 역시 남자는 남자구나 하는 느낌이 들었다.

순간, 나는 옷차림이 갑자기 부끄러워져 카디건 앞섶을 손으로 여몄다.

"선생님이야말로 아직 안 주무세요?"

"나도 내일 수업 준비 좀 하려고."

"늘 최선을 다하시네요."

그는 진심으로 감동했다.

"너도 마찬가지야."

"모처럼 야식이라도 만들까요?"

"매력적인 제안이지만 살찌니까 참을래. 마음만 받을게."

"그럼, 서로 할 일 마무리하고 얼른 자죠."

"그래, 힘내자. 내일 봐. 잘 자."

"네, 안녕히 주무세요."

나는 유나기 군이 자기 집으로 돌아가는 것을 지켜본 후에야 문을 닫았다.

적어도 그의 앞에서 입꼬리가 씰룩이는 걸 어떻게든 버텼다.

솔직히 이런 방식으로 격려하는 것은 나쁘지 않다고 생각했다.

제3장 파도 같은 관계

"오늘도 한 번 만에 알람이 멈췄어."

텐조 선생님이 우리 집에서 밥을 드시게 된 지 일주일이 흘렀다.

평소였다면 몇 번이나 알람 소리가 울리고도 남았을 텐데 맨 처음 울렸을 때 멈췄다.

이럴 수가. 내가 침대에서 일어나기도 전에 선생님의 메시지가 먼저 도착했다.

레이유: 좋은 아침. 오늘 아침은 토스트로 부탁해.
　　　　잼도 슬슬 바닥을 보이겠는데? 슬퍼.
유나기: 좋은 아침입니다. 토스트로 준비하겠습니다.
　　　　재료만 있다면 잼 정도는 얼마든지 만들 수 있죠.
레이유: 정말? 그럼 또 만들어 줘.

지금은 본인이 먹고 싶은 것을 말해 주는 등, 이웃 협정을 기반으로 한 우리의 생활 리듬도 완전히 정착됐다. 내가 아침을 만들어 선생님과 함께 먹고 선생님을 배웅한 후에 시간차를 두고 뒤이어 나도 등교한다.

교실에서 얼굴을 마주해도 기본적으로 모르는 척.

나는 되도록 말을 걸지 않으려고 신경 쓴다.

하지만 눈앞에 있으니 말을 걸기 쉬운 모양이었다. 텐조 선생님은 마치 추임새를 넣듯 내게 편하게 화제를 던졌다.

"얘들아, 좋은 아침! 어째 졸려 보이는 녀석들이 많네? 아침은 제대로 먹고 다니는 거지? 아침을 안 먹으면 머리가 돌아가지 않으니까 꼭 먹고 다니자. 난 아침에 토스트에 수제 딸기 잼을 발라서 먹었는데 이게 또 어찌나 맛있던지. 아, 니시키 군은 아침에 뭐 먹었어?"

알면서.

나는 같은 메뉴를 맛있게 먹는 모습을 옆에서 지켜봤다.

"딸기 잼을 바른 토스트를 먹었는데요."

"오, 똑같네!"

선생님은 나와의 비밀이 들킬 만한 걸 어째서 일부러 말하는 걸까.

"저기요. 레이유 쌤! 요즘 기분이 좋아 보이는데 혹시 남친 생겼어요?"

우리 반 인싸 그룹에서 제일 잘 나가는 여자, 마유즈미 리리카는 호기심 넘치는 눈을 반짝였다.

텐조 선생님은 늘 밝고 활기가 넘치는 이미지가 강한데, 그 말을 듣고 보니 예전보다 텐션이 올라간 것처럼 느껴졌다.

"그런 거 아니래도. 자, 출석 부를게."

선생님은 시답지 않은 질문을 미소로 받아 주면서 업무에

열중했다.

오늘도 지각, 결석. 제로.

상습 지각생인 쿠호인도 주의를 받은 이후로는 조례 전에는 와 있었다. 하지만 시간이 지나면서 교실에 도착하는 시간이 늦어져 오늘은 아슬아슬했다.

그런 쿠호인이 4교시 수학 시간에 칠판에 적힌 문제를 푸는 사람으로 지명됐다.

나른한 발걸음으로 칠판 앞—. 다시 말해, 바로 내 앞에 섰다.

쿠호인은 문제를 쓱 훑더니 분필을 쥐고 거침없는 손놀림으로 답을 써 내려갔다.

내가 노트에 푼 풀이 과정 및 정답과 일치했다.

그리고 글씨가 예뻤다.

"왜 쳐다봐?"

손가락에 묻은 분필 가루를 털던 쿠호인은 내 시선을 눈치챘다.

"네가 내 눈앞에 서 있잖아."

"시선이 거슬려."

"난 착실히 수업을 듣고 있을 뿐이거든."

"이쪽 보지 마."

쿠호인은 눈꼬리가 올라가 눈이 삼각형이 됐다.

"너야말로 눈초리가 사납거든? 잠이 부족해서 그러냐?"

인간은 수면 시간이 부족하면 쉽게 짜증을 낸다.

"항상 담임한테 아부나 떠는 남자한테 불쾌한 말을 들어서 그래."

의외의 인물에게 지적받은 나는 몹시 당황했다.

"항상 그런 건 아니지."

부정은 하지 않았다.

"적당히 좀 하셔."

"……쿠호인, 날 계속 쳐다봤구나?"

"뭐? 보긴 누가 봤단 거야."

"가령 내가 항상 담임한테 아부를 떨었다면, 네가 항상 날 보고 있었다는 증거라고 생각하는데."

"짜증 나는 놈."

내가 말꼬리를 잡자, 쿠호인은 작게 독설을 내뱉었다.

"다 풀었으면 자리로 돌아가."

수학 선생님이 점잖게 주의를 주자 쿠호인은 나를 힐끔 노려보더니 자기 자리로 돌아갔다.

참고로 쿠호인이 적은 답은 정답이었다.

쿠호인은 아무래도 텐조 선생님의 판단처럼 불량한 언동과는 반대로 실체가 다른 모양이다.

궁금해진 나는 점심시간에 쿠호인의 자리까지 걸음을 옮겼다.

"쿠호인, 잠깐 나 좀 볼래?"

자리에서 일어나려는 쿠호인의 책상 앞에 앉았다.

"왜?"

"조금 전에 있었던 일. 일단 사과하려고. 미안했다."

"……별로. 네 시선이 저질스러워 그렇지 뭐."

쿠호인은 대화할 의사가 없다는 듯이 몸을 옆으로 돌렸다.

"트집을 잡는 것도 정도가 있지. 나는 오히려 너를 응원하고 있는데."

나는 쿠호인의 일방적인 견해에 쓴웃음을 날리면서 흘려들었다.

"응원?"

"쿠호인, 요즘에는 아침에 제시간에 오잖아. 그 기세로 가는 거야."

"……말로 때우는 응원은 편해서 참 좋겠어."

비아냥대며 받아치는 쿠호인의 말투로 추측해 보자면 아침마다 일찍 일어나야 해서 힘든 모양이었다.

"그럼, 말로 때우는 거 말고 오지랖 좀 떨어도 돼?"

"오지랖은 사양이야."

쿠호인은 신경이 곤두선 말투로 나를 쳐다보았다.

"같은 반 친구로서 걱정하는 건 진심이야."

"흑심이 느껴지네."

"교사한테 넋이 나간 남자가 흑심이 없을 리가 없잖아. 흑심은 사춘기 남자의 표준 장비거든."

"성욕이 교복을 입었네."

"딱히 너를 꼬시려던 건 아니었는데."

나는 쓴웃음을 지었다.

"담임보다 또래가 가능성이 있잖아."

"난 너처럼 그런 가시 돋친 태도를 어떻게 하면 부드럽게 만들 수 있는지 전혀 몰라."

쿠호인은 마음에 강철 갑옷을 입고 있는 듯한 느낌이 들어서 공략의 실마리조차 보이지 않았다.

"네가 날 걱정해야 할 이유가 없어."

"배배 꼬였구나. 난 네가 진급하길 바랄 뿐이야."

"어째서? 차라리 흑심이 훨씬 이해가 잘 되는데?"

내 머릿속에 지난번에 텐조 선생님이 했던 말이 되살아났다.

『반 친구인 네가 쿠호인이 곤란한 상황일 때 도와주면 담임으로서 고마울 것 같아.』

나는 그 바람을 이뤄 드리고자 말했다.

"유급이나 퇴학을 당해도 상관없다고 생각하는 인간이 착실히 공부할 리가 없다고 생각하거든. 만약 정말 일찍 일어나는 게 힘들면 도와줄게."

학교에 올 생각이 있는데도 혼자 힘으로 어려운 거라면 못 본척할 수 없었다.

내 진심이 전달되었는지 쿠호인은 그제야 겨우 나를 바라보았다.

"어떻게 도울 건데?"

바빠서 집안일을 못 하는 텐조 선생님께는 식사를 담당하겠다고 했다.

기상에 어려움을 겪고 있는 쿠호인에게 내가 해 줄 수 있는 일.

"그러게…… 내가 모닝콜 해 줄까?"

"됐어."

1초 만에 거절당했다.

"매일 아침 누가 깨워 주면 쿠호인 너도 지각하지 않을 거 잖아."

"됐다고 했지."

"혹시 엄청 먼 곳에 살아서 거절하는 거야?"

쿠호인은 귀찮다는 듯 자기가 사는 역 이름을 말했다.

"우리 집보다 가깝네……."

그런데도 지각한다고? 진짜냐. 엄청 굼뜨네. 의외야.

아무래도 속마음이 표정으로 드러난 모양인지 쿠호인은 억지로 실토했다.

"저혈압이라 아침에 죽을 만큼 힘들어."

"그래서 죽을힘을 다해 일어나도 아슬아슬하게 도착하는 거구나."

"그럼 안 돼?"

"오히려 육상부 때는 잘도 아침 연습에 참가했다 싶어서."

"차라리 기상 시간이 이르면 부모님도 출근하시기 전이니까 깨워 주셨어."

"그런 거라면 오지랖이 더 필요하잖아. 유급당하면 부모님
이 슬퍼하실걸."

내가 모닝콜을 해 주면 간단히 해결되는 일이다.

쿠호인에게 모닝콜을 하면 되는 시간에는 벌써 일어나 텐조
선생님의 조식을 준비할 때라 딱히 방해될 건 없다.

"그건 확실히 곤란해."

쿠호인은 질색하는 얼굴로 표정을 일그러뜨린 후 포기했다
는 듯 중얼거렸다.

나는 그것은 예스로 받아들였다.

"일단 연락처부터 교환하자."

"끈질기게 연락하면 싫은데."

"일어날 때까지 모닝콜 할 테니까 끈질기게 연락하긴 하겠네."

"최악."

"내가 연락하는 게 싫으면 한 번에 받아."

"……아침에는 엄청나게 예민해서 욕을 할지도 모르겠지만
꺾이지 말길."

그거, 절대 부탁하는 사람의 태도가 아닌데.

"거만한 태도는 여전하네."

"관둘 거면 지금 관둬."

쿠호인이 이렇게까지 철저히 거부하니 이젠 웃음밖에 나오
지 않았다.

내가 제안한 이상 마음을 단단히 먹고 모닝콜 담당이 되어야겠다.

"또 지각해서 선생님이랑 실랑이하는 걸 보기 싫으니까, 할게."

"……알람만으로는 좀처럼 일어나기 힘드니까, 솔직히 고마워."

"그렇게 해 줘. 고집부리는 것보다 솔직히 도움을 요청하는 게 나아. 나도 그랬어."

쿠호인은 떨떠름해하면서 나와 연락처를 교환했다.

☼ ☼ ☼

이튿날 아침.

옆집에서 들리는 알람 소리는 한 번에 멈췄고 일상이 된 선생님의 아침 메시지가 도착했다.

레이유: 좋은 아침. 어제랑 같은 시간에 갈게.
유나기: 안녕히 주무셨어요? 알겠습니다.

선생님은 자주 연락해 주셔서 준비할 때 적잖이 도움이 됐다.

나도 일어나서 몸단장을 마치고 식사 준비를 시작했다.

요리 도중에 어젯밤에 설정해 놓은 스마트폰 알람이 울렸다.

"이번엔 모닝콜 시간이네."

쿠호인이 지각하지 않고 학교에 올 수 있는 시간을 미리 물어봤기 때문에 그걸 반대로 계산해서 전화를 걸었다.

그리 오래 기다리지 않았는데 통화가 연결되었다.

"쿠호인, 잘 잤어? 나 니시키야. 시간 됐으니까 일어나. 지각한다."

『……진짜 전화했네.』

스마트폰 스피커 너머에서 들린 것은 활기가 없고 죽을 만큼 졸린 목소리였다. 교실에서 보여 주는 압도적인 분위기는 전혀 없고, 텐션은 땅 파고 들어갈 정도로 낮았다.

"아침에 약하다는 건 거짓말이 아닌 모양이네."

『시끄러워.』

목소리를 내는 것도 힘든 모양이었다.

"모닝콜의 역할은 시끄럽게 하는 거야."

『당장 졸음을 쫓아 줘.』

아직 머리가 잘 돌아가지 않는 모양인지 쿠호인은 생각나는 대로 입 밖으로 내뱉었다.

"샤워라도 하면 정신이 들 거야."

『침대에서 욕실까지 옮겨 줘.』

"네가 무슨 귀족 아가씨냐?"

『…….』

"쿠호인?"

『ZZZ』

"야, 다시 자면 어떡해! 일어나! 또 지각할라!"

『인간의 몸은 일찍 일어나는 것에 부적합해.』

주어는 컸지만 목소리는 약하디약했다. 가까스로 대화가 성립하는 게 기적에 가까울 정도였다.

목소리의 볼륨을 조금 높여 말해 보았지만, 효과가 없었다.

"나 참. 잠결에 말할 때는 목소리가 꽤 귀엽네."

아무튼 다시 잠들지 못하도록 계속 말을 걸었다.

『—윽, 쓸데없는 소리 좀 하지 마.』

노곤한 대답이었지만 잠이 깬 기색은 있었다.

"칭찬이야."

『여자한테 귀엽다고 하면 누구나 좋아할 거라고 생각해?』

별안간 대답의 양이 늘었다. 귀엽다는 단어에 반응한 걸까.

"귀여운 목소리를 내는 귀여운 아이를 귀엽다고 말한 것뿐이야."

『……너, 좀 이상해.』

"이 통화를 녹음해서 다른 남자애들한테 들려주면 쿠호인 네가 귀엽다는 게 명확해져."

『그건 범죄야.』

말에 점점 감정이 실렸다.

귀여운 공격은 의외로 효과가 있는 모양이었다.

"난 쿠호인의 귀여움을 알리고 싶을 뿐이야."

『쓸데없는 참견이야.』

"모닝콜 해 달라고 했으면서 이제 와서 무슨 소리야."

웃음을 참았다.

『그건 네가 오지랖을 떤 거야.』

"덕분에 잠에 취한 귀여운 목소리를 들을 수 있었어."

『변태.』

"예예. 변태랑 통화하기 싫으면 어서 일어나. 아니면 일부러 졸린 척하는 거야?"

『죽을래?』

박력 부족한 협박이었다.

"웅얼거리는 목소리로 뭐래. 할 수 있으면 해 보시든가."

『괴성을 질러서 고막을 찢어 버릴 거야.』

"예고까지 해 주는 거야? 친절이 넘치네. 역시 귀여운 여자는 뭐가 달라도 달라."

『……계속 귀엽다고 하니까 진짜 재수 없거든.』

역시 질린 모양이다.

"일어나자마자 입이 거치네."

『네가 기분 나쁜 말로 깨우니까 그렇지.』

"너한테 효과가 있을 것 같은 방식으로 말한 거야."

『남친도 아니면서.』

"어라? 남친이 달콤한 말로 깨워 주면 좋겠단 뜻이야?"

『—윽! 어디까지나 이미지야! 니시키, 짜증 나!』

드디어 또록또록한 목소리로 반격했다.

소녀다운 일면을 엿본 느낌이 들어서 왠지 흐뭇해진다.

"뭘 그렇게 부끄러워하냐? 서로 알콩달콩한 게 연인의 특권
인데."

『닥쳐. 됐어. 이제 일어났어.』

쿠호인 아키라는 불쾌하다는 듯 전화를 끊었다.

시간에 맞춰 아침을 준비하자 이웃 주민이 딱 맞게 도착했다.

"유나기 군, 좋은 아침! 어디 보자, 오늘 메뉴는 뭘까?"

그리고 생글생글 웃는 얼굴로 테이블에 앉았다.

"오늘은 종류를 바꿔서 오구라 버터 토스트[#9]를 만들어 봤
어요."

"오, 최고. 새콤달콤해서 자꾸 먹게 되잖아."

오늘 아침에도 선생님은 만족스러운 얼굴로 조식을 즐기셨
다.

식사를 마치고 한껏 기분이 들뜬 텐조 선생님을 배웅한 후,
뒷정리를 하고 나도 아파트를 나섰다.

스마트폰으로 시각을 확인하면서 나는 지하철에 올라타며
쿠호인에게 메시지를 보냈다.

#9 오구라 버터 토스트 버터를 발라 구운 빵에 단팥을 올린 토스트.

유나기: 집에서 나왔어?

아키라: 나왔어. 이제 그만 좀 해!

유나기: 혹시나 해서.

아키라: 의심병 환자.

　잠시 후 다시 메시지를 보냈다.

유나기: 지하철에 무사히 탔지?

아키라: 뭐야, 기분 나쁘게! 스토커야?

　　　　어떻게 타자마자 보내냐?!

유나기: 어쩌다 보니. 그나저나 몇 호차야?

아키라: 몰라. 아마 중간쯤.

　나는 학교에서 가장 가까운 역에 도착했다.

　평소였다면 그길로 학교로 걸어갔을 테지만, 홈 벤치에서 다음 지하철을 기다렸다.

　다음 지하철이 도착하고 문이 열리자 쿠호인이 내렸다.

　"좋은 아침. 잘 도착해서 다행이야."

　"니시키?! 왜 여기 있어?"

　"혹시 몰라서 기다렸지."

　"헉, 내 행동을 파악한 거야? 이렇게까지 정확한 타이밍에 몇 번이나 연락하는 거 이상하지 않아? 진짜 소름이거든?"

쿠호인은 졸음이 확 달아난 모습으로, 진심으로 질색했다.

"어제 집에서 역까지 걸리는 시간을 물어봤었잖아. 그것만 정확하다면 학교에 도착할 때까지 각 장소를 지나는 시각은 대충 계산이 가능해."

"왜 그렇게까지 하는데?"

"네가 아슬아슬한 시간까지 자더라도 제시간에 도착할 수 있는 일정을 생각해 봤어."

"니시키는 일정대로 움직이지 않으면 불안한 타입이야? 남들마저 속박하면 미움받을 거야."

위험인물을 보는 듯한 눈길로 쳐다본다.

"그렇게까지 빡빡하진 않아. 게다가 네가 솔직하게 알려 주지 않았더라면 성립되지 않았어."

"시간이 정확하지 않은 걸 못 견뎌서 그래."

육상부 출신다운 발언이었다.

쿠호인이 발길을 돌려 후다닥 걸어가길래 나도 뒤를 따랐다. 우리는 역 개찰구를 나와 학교로 향했다.

"왜 따라와? 진짜 스토커야?"

앞서 걷던 쿠호인이 불만을 터뜨렸다.

"학교 가는 길이니까 트집 잡지 마. 나도 지각하기 싫거든."

"쫓기는 것 같아서 진정이 안 돼."

"그럼 내가 앞서갈 테니까 따라잡을 때까지 기다려."

빠른 걸음으로 거리를 좁혔다.

"그것도 맘에 안 들어."

쿠호인은 경쟁하듯 자기도 걷는 속도를 올리면서 결국 나란히 섰다.

"역시 육상부 출신이라 추월당하는 게 싫냐?"

"—별로. 같이 등교하는 것 같잖아."

"그냥 옆에 서 있을 뿐이잖아."

"신경 쓰인다고."

"지나치게 신경 쓰는 거야."

"주변 사람들이 힐끔힐끔 쳐다보는 것 같은데."

나는 주변을 둘러보았다.

등교 시간이라 같은 길을 키요 고등학교 학생들이 우르르 걸어가고 있었다. 그러나 남녀 할 것 없이 확실히 이쪽을 보고 있었다.

"아, 그건 쿠호인이 귀여우니까 그렇지."

평소에 통학 길에서 못 보던 미소녀가 걷고 있으면 자기도 모르게 눈길을 빼앗기고 말 것이다.

"뭐어?!"

쿠호인이 옆에서 소리를 빽 지르는 바람에 나도 놀랐다.

"뭔 소릴 하는 거야."

"아침에 전화할 때도 말했잖아."

"……잠이 덜 깨서 헛것을 들은 줄 알았지."

"쿠호인 아키라는 눈에 띄는 여자아이라는 단순한 사실이잖아."

"어떻게 그런 오그라드는 말을 그렇게 태연하게 할 수 있어? 진짜 기분 나빠."

닭살이 돋았는지 쿠호인은 자신의 팔뚝을 문질렀다.

"쿠호인이 이런 말에 익숙하지 않다는 게 훨씬 놀라운데?"

"부활동에 집중하느라 연애는 뒷전이었어. 화장한다고 발이 빨라지는 것도 아니니까."

쿠호인은 시원스레 털어놓았다.

"난 그런 떳떳한 태도 좋다고 생각해."

"요령이 없어서 그렇지 뭐."

"한 가지 일에 집중해서 최선을 다하고 있다는 증거야. 그런 거 멋있어."

"……니시키, 넌 쫄지도 않고 나한테 태연하게 말을 걸었잖아. 흑심이 있어서 접근한 것도 아니었고, 그렇다고 나한테 쫄지도 않았고."

쿠호인의 목소리에서 친근함이 살짝 묻어났다.

"사람들이 널 겁내는 건 자각하고 있네?"

나는 쓴웃음을 짓고 말았다.

"짐짝 취급을 받으면 싫어도 알게 돼."

"그 성격에 그 얼굴에 붙임성도 없으면, 다가가기 어려운 이미지가 생기기 쉽지."

나는 객관적인 의견을 말했다.

솔직히 말하면 2학년 C반에서 쿠호인은 다른 아이들과는 급이 다른 미녀의 지위를 차지하고 있었다. 쿠호인은 절대 학생들에게 미움받고 있는 게 아니다. 쉬는 시간에 항상 졸린 듯 행동하니 다들 배려해서 말을 걸지 않을 뿐이다.

"이런 귀찮은 여자한테 말을 거는 니시키는 독특한 남자야."

쿠호인은 그제야 나이에 걸맞은 미소를 지었다.

"아, 좋네. 그렇게 웃는 얼굴로 먼저 다가가면 네가 느끼는 벽도 간단히 해소될 거야."

내 조언에 쿠호인은 눈을 동그랗게 떴다.

"니시키, 혹시 여자 형제 있어?"

"일단 여동생이 있지."

"아, 그래서 여자를 다루는 데 능숙하구나. 이 능구렁이."

나는 그것이 도저히 칭찬으로는 들리지 않았다.

"좀 더 인기가 있어도 괜찮다고 생각하는데."

나의 황금기여, 어서 오라!

"니시키, 친구 별로 없을 것 같아."

"너한테만큼은 듣고 싶지 않네."

"뭐 어때. 친구 많은 게 잘난 놈이라고 누가 정했어?"

쿠호인은 콧노래를 흥얼거리면서 말했다.

집단생활에서는 주변의 눈치를 살피는 사람이 많은데, 주변 사람들에게 휩쓸리지 않는 쿠호인은 강하다.

때마침 학교에서 가장 가까운 편의점 앞을 지나고 있었다.

"아침은 어쩔래? 빠르게 뛰어가서 사면 아직 안 늦어."

"그것도 일정 안에 있어?"

"쿠호인이 거짓말 안 하고 말해 준 거라면. 보너스 타임이지."

"알겠어. 너도 좀 기다려."

"뭐? 난 먼저 학교에 갈 건데."

"그냥 좀 거기 있으라고!"

쿠호인은 기다리라는 듯 손가락으로 지시하고는 빠른 걸음
으로 편의점에 들어갔다.

"자, 이거. 오늘 아침 답례."

그리고 본인의 아침밥과는 별개로 초코바를 건넸다.

"아니야, 괜찮아."

"빚지기 싫어. 됐으니까 받아."

내 손에 초코바를 쥐어 준 쿠호인은 막대 사탕을 물고 걸음
을 뗐다.

억지로 돌려줘도 마음을 상하게 할 뿐이겠지.

"그리고 말이야. 쿠호인[#10]이라고 부르면 길잖아. 아키라라고
불러."

"그래도 돼?"

"성이 너무 야단스러워서 나도 별로야. 아키라가 나아."

#10 쿠호인 일본어는 장음과 단음을 구분하기 때문에 쿠호인(くほういん)은 5음절,
아키라(あきら)는 3음절로 발음됨.

"긴장되네."

"이성을 이름만으로 부르는 것 정도는 자연스럽게 할 줄 알아야지. 한심하긴."

쿠호인이 비웃었다.

"어디까지나 친구로서야."

나도 모르게 확인했다.

"사나이라면 가끔은 밀고 나가. 그러는 편이 여자도 변명하기 쉬워."

"그랬다가 싫어하면 어떡해?"

"그 모양이니까 여자 친구도 없지."

그 말이 가슴에 비수처럼 꽂혔다.

옆에서 걷는 여학우는 도발하듯 나를 보고 있었다.

"이 과자는 간식으로 잘 먹을게. 아키라."

나는 그것을 교복 호주머니에 넣었다.

이렇게 대화하며 걷는 동안 학교에 도착해 버렸다.

우리가 승강구에 도착하자 우리 반의 인싸 갸루, 마유즈미 리리카가 우렁찬 목소리로 불렀다.

"어머나, 닛키랑 아키아키가 같이 있다니 뭔 일이래?! 의외의 조합인데?"

마유즈미는 트레이드 마크인 긴 양 갈래머리를 흔들면서 희귀한 것을 구경하듯 다가왔다.

"닛키라니, 내가?"

"응. 니시키는 왠지 닛키 느낌이 나."

전혀 모르겠는데.

"리리카. 문득 떠오르는 대로 이상한 별명 붙이는 습관을 아직 못 고쳤구나."

아키라는 노골적으로 얼굴을 찌푸렸다.

"에이, 뭐 어때. 별명이 있는 게 재미있잖아."

"성가셔."

"아키아키, 여전히 쏠쏠한 태도는 여전하네."

"굳이 어느 쪽이냐고 묻는다면 쏠쏠함보다는 매운맛 아니야?"

나는 솔직한 감상을 말했다.

알알하고 찌릿찌릿한 느낌.

"니시키, 시끄러워."

눈을 번뜩이며 실내화로 갈아 신은 아키라는 성큼성큼 먼저 가 버렸다.

"역시 매운맛이야."

"그니까! 닛키."

마유즈미는 깔깔 웃었다.

"그나저나 너희 둘이 친했었나?"

나와 아키라, 마유즈미는 작년에도 같은 반이었다.

두 사람과는 그저 단순히 같은 반 학우였기 때문에 자세한 교우 관계에 대해서는 잘 알지 못했다.

"글쎄? 리리카가 일방적으로 아키아키한테 들이대는 거라서 말야."

와, 역시 인싸구나.

저렇게 대놓고 싫어하는 태도를 보이면 보통은 다가가길 포기하지 않나?

마유즈미도 아키라와 다른 의미에서 매운맛이었다.

"근데 닛키는 왜 아키아키랑 같이 있어?"

"우연히 역에서 만나서 같이 왔을 뿐이야."

거짓말은 하지 않았다.

모닝콜을 해 준다는 이야기를 멋대로 나불거리면 아키라는 필시 화를 낼 타입이다.

"흐음~. 에잇!"

마유즈미는 내 가슴 호주머니에 들어 있던 초코바를 쏙 꺼냈다.

"앗! 그거 내 거야!"

"진짜 닛키 거야?"

"무슨 뜻이야?"

"이거 아키아키가 좋아하는 초코바거든."

마유즈미가 헤실헤실 웃으며 딱 알아봤다는 얼굴로 이쪽을 쳐다보았다.

"……아키라가 좋아하는 간식까지 아는 마유즈미는 아키라의 절친이라고 생각해."

"고마워. 그런데 리리카가 아침을 못 먹었거든. 뭔가 달콤한 게 먹고 싶어."

입막음 대가를 달라는 건가. 하긴, 나중에 아키라에게 불똥이 튀어 나한테 불만을 쏟으면 곤란하다.

"먹어."

"앗싸! 닛키, 땡큐."

미안해, 아키라. 빼앗겼어.

4교시 일본사 수업이 끝나자 마유즈미 리리카가 텐조 선생님께 다가갔다.

"레이유 쌤, 연애 상담 좀 해 주세요."

"어머? 마유즈미, 네가?!"

느닷없는 상담 신청에 텐조 선생님은 눈을 동그랗게 떴다.

내 눈앞에서 연애 상담이 시작되기 전에 점심을 사러 자리를 떠야겠다.

"잠깐! 닛키도 껴."

"뭐? 나도? 왜?!"

"남자를 대표해서 네 의견을 말해 줘. 레이유 쌤, 괜찮죠?"

"마유즈미가 괜찮다면 난 상관없어."

얼떨결에 텐조 선생님과 눈이 마주쳤다.

"괜찮아요. 리리카의 친구 얘기거든요."

이런 식으로 친구 이야기라며 밑밥을 까는 경우는 실은 본인 이야기인 패턴이 많지만 마유즈미의 경우에는 백 퍼센트 입으로 뱉은 말 그대로일 것이다.

"그게요, 항상 똥 씹은 표정을 하고 있는 애가 갑자기 남자랑 같이 등교하는 거예요. 이것 좋아하는 거 아니에요? 좋아하는 거죠? 좋아하는 거 맞네!!"

근데 뭐가 이렇게 두서가 없어!

초등학생이 남녀가 나란히 서 있기만 해도 사귄다고 인정하는 것만큼이나 허술한 논리다.

텐조 선생님도 쓴웃음을 지었다.

"마유즈미, 그런 너무 넘겨짚은 것 같은데."

"에이―. 제 말이 맞다니까요. 리리카의 여자의 촉은 완전 예리하거든요."

"친구에게 제대로 확인했어? 좋아하는 사람 있냐고."

"아직요. 걔가 부끄러움이 좀 많아서."

"그 친구가 진심으로 좋아하는 사람이 있다면 외부인은 괜히 참견하지 않는 게 좋다고 생각해."

"하지만 정말 좋아하는 거라면 사귀었음 좋겠어요."

"하지만 좋아한다고 해서 꼭 사귀고 싶은 건 아니니까."

"계속 짝사랑만 하면 괴롭잖아요? 그렇다 아니다 확실해지면 다음에 올 사랑을 준비할 수 있는데."

마유즈미의 의견은 단순해서 부정하기 어려웠다.

"연애에 대한 생각은 사람마다 다 다르니까. 마유즈미의 생각을 억지로 밀어붙이면 안 돼."

"좋아하는 사람이랑은 연인이 되는 게 훨씬 재밌는데."

흐음, 평행선이군.

어느 쪽 의견도 틀리지 않았다.

"니시키 군은 어떻게 생각해?"

"이 타이밍에 저한테 물으시는 거예요?"

"닛키는 레이유 쌤이랑 리리카 중 누가 옳다고 생각해?"

두 사람의 시선이 나에게 쏟아졌다.

"그럼, 마유즈미한테 한 표. 좋아하는 사람이 날 봐주면 좋겠거든."

"닛키, 역시!"

마유즈미는 내 어깨를 두드렸다.

"니시키 군, 이 배신자."

텐조 선생님은 원망스러운 듯한 시선을 보냈다.

"선생님이랑 결탁한 것도 아니잖아요!"

"이럴 땐 웃어른의 의견을 존중해야지."

"2학년 C반은 언제부터 자유롭게 발언할 수 없게 됐죠?"

"오버하지 마."

"무슨 말씀이세요. 텐조 선생님의 영향력은 지대하다고요."

"말도 안 돼?! 나도 모르는 사이에 너희를 세뇌했던 거야? 학생의 자주성은 지켜 줘야지."

내 지적에 2년 차 교사는 진심으로 식은땀을 흘렸다.

야단났네. 너무 부추겼나.

"⋯⋯닛키랑 레이유 쌤, 친한가 봐요. 죽이 척척 맞네."

마유즈미는 신기하다는 얼굴로 우리를 번갈아 보면서 그런 말을 했다.

"단순히 지금 자리가 가까우니까 얘기할 기회가 많아서 그래."

나는 곧바로 부정했다.

"그래? 보통 남자들은 레이유 쌤이랑 얘기할 때 긴장하는 편인데 닛키는 완전 편해 보여."

"텐조 선생님은 어디까지나 우리 담임이잖아."

"그런가? 레이유 쌤도 닛키 앞에서는 편해 보여서."

마유즈미는 찜찜해하는 기색이 역력했다.

이야기를 원래대로 돌리려고 내 의견을 말했다.

"아무튼! 나도 둘 다 좋아하는 게 가장 좋다고 생각하지만, 텐조 선생님 말씀처럼 꼭 사귀는 게 행복이라고 단정할 수 없다는 의견도 이해는 돼."

마유즈미의 지적에 움찔한 텐조 선생님. 그에 나는 목소리를 높여 이쪽으로 주의를 돌렸다.

"겁쟁이~. 그런 건 사귀어 보지 않으면 모르잖아."

지당하신 말씀. 마유즈미는 부정하기 어려운 직구 의견만

던졌다.

"하지만 운 좋게 사귄다고 해도 결국 상처받을지도 모르잖아."

"계속 겁만 먹다간 이뤄질 사랑도 안 이루어져."

정말 예외 없이 나의 모든 의견을 싹둑 베어 버린다.

누가 이 연애 무사(武士) 갸루 좀 말려 줘.

너무도 맞는 말이라 숨이 안 쉬어져.

"와—. 사실만 콕콕 집어서 이야기하네."

텐조 선생님의 표정도 떨떠름했다.

"마유즈미. 고백했다가 괜히 사이만 어색해지는 일도 있어."

좋아하는 사람에게 그렇게 간단히 저돌적으로 행동할 수 있다면 사랑 때문에 가슴앓이하는 사람은 없을 것이다.

용기를 내지 못하는 게 아니다. 냉정하게 상황을 판단해서 억지로 억누르고 있는 것이지.

"닛키, 예전에 무슨 일 있었어? 옛사랑은 새로운 사랑으로 치유하면 돼."

"내버려둬!"

나와의 문답을 즐기던 마유즈미는 초승달처럼 눈웃음을 지었다.

"자, 스톱! 여기서 연애론에 대해 논쟁해 봐야 달라지는 건 없단다."

결국 텐조 선생님이 심판이 되어 중단시켰다.

"당사자들의 마음이 중요하지. 아무리 친구라도 제삼자만

들뜨는 건 민폐일 뿐이니까 지금은 가만히 지켜봐 줘."

"음—. 레이유 쌤이 그렇게 말한다면……."

존경하는 텐조 선생님의 말씀에 마유즈미는 기가 죽었다.

"있지, 나한테는 고등학교 때부터 친했던 친구가 있어. 그 친구는 연애 경험이 많아서 조언이나 응원을 해 주지만, 억지로 재촉하는 행동은 절대 안 해. 그래서 어른이 된 후로도 친구로 지내. 모든 일에는 각자만의 시기와 사정이 있거든. 그걸 이해해 주렴. 그런 다음 친구가 도움을 요청할 땐 사양하지 말고 힘껏 도와주면 된다고 생각해."

"네—. 리리카한테도 우정은 소중하니까 좀 더 지켜볼게요."

마유즈미는 기운차게 교탁에서 멀어져 갔다.

"그럼 나도 교무실로 갈게."

"저도 매점에서 점심 사 올게요."

나는 선생님과 같은 타이밍에 교실을 나섰다.

하마터면 마유즈미에게 들킬 뻔해서 둘 다 지친 기색이 역력했다.

"이렇게 대화하는 건 이웃 협정에 위반되지 않는 걸까."

텐조 선생님이 나에게만 들리는 목소리로 말했다.

"걸으면서 잡담하는 거니까 괜찮지 않을까요?"

나는 기대를 담아 못을 박았다.

"그래. 이런 건 그냥 잡담이야."

복도를 나란히 걸으며 조금 전 일로 화제가 옮겨 갔다.

"조금 전엔 마유즈미를 잘 설득해서 친구에게 오지랖을 떨지 못하게 하셨네요."

마유즈미와 그 이상으로 논쟁이 과열되었다면 나는 틀림없이 허점을 보였으리라.

"너희보단 내가 어른이니까 그럴 땐 좀 더 넓은 시야에서 상황을 볼 수 있지."

"선생님께는 못 이기겠어요."

어지간해서는 이 사람을 따라잡을 수 없을 것 같다.

인생 경험을 좀 더 쌓으면 텐조 선생님의 마음도 이해할 수 있게 될까.

"마유즈미가 말했던 친구가 누굴까? 우리 반 아이인가?"

"글쎄요. 저는 전혀 모르겠네요."

"시야를 좀 넓게 가지렴."

"우와, 엄청 빈정거리시네요. 제 눈에는 선생님만 들어오거든요?"

"……그건 교실에서 맨 앞자리라 그런 거지?"

그 말을 듣고 내가 조금 전에 했던 발언을 떠올렸다.

"다, 당연하죠! 물리적인 문제예요!"

"아하하, 그렇지? 순간 깜짝 놀랐잖아."

그렇게 우린 웃으면서 도중에 어색하게 헤어졌다.

☀☀☀

목요일 저녁 식사 시간에 텐조 선생님은 함박웃음을 지으며 보고했다.

"요즘 쿠호인이 지각하지 않아서 너무 좋아."

모닝콜 작전이 효과를 발휘하여 쿠호인 아키라의 지각은 극적으로 개선되었다.

내가 모닝콜을 하게 된 후로 전화를 받는 아키라의 목소리에서는 나날이 잠기운이 줄었다.

"이대로 쭉 가면 좋겠네요."

"이런 건 습관이니까. 일단 정착하면 웬만해선 생활 리듬도 흔들리지 않아."

"텐조 씨가 그 증거죠. 최근에는 알람이 울리면 한 번에 일어나시잖아요."

"역시 아침부터 맛있는 음식이 기다리고 있으면 기합이 들어가."

"대단한 걸 만드는 것도 아닌데요, 뭘."

"아니야. 아침마다 고맙게 생각하고 있어."

"저야말로 항상 깨끗이 드셔 주셔서 감사해요."

나와 텐조 선생님은 밥을 먹으면서 하루에 있었던 일에 대해 이야기를 나누는 것이 평일 일과가 되었다.

오늘 메뉴는 밥과 된장국, 돼지고기 생강구이에 채 썬 양배추, 토마토, 오이. 곁들임 반찬으로는 고명을 듬뿍 얹은 냉두부.

텐조 선생님은 남자가 좋아할 법한 스태미나 넘치는 메뉴에

신나게 젓가락을 뻗었다.

잘 드시는 모습을 볼 때마다 만든 보람을 느낀다.

천진난만한 텐조 선생님과 식사하는 도중에 선생님의 입가에 밥알이 붙은 것을 보았다.

"텐조 씨, 입가에 밥알이 붙었어요."

"어디?"

"왼쪽 아래."

선생님은 자기 입가로 손을 가져갔지만, 아직 떼어 내지 못했다.

"어디? 못 떼겠으니까 떼 줘. 자."

선생님은 자연스럽게 얼굴을 갖다 댔다.

역시 남동생이 있는 여성은 연하남을 연애 상대로 보지 않는 걸까.

혼자 괜히 긴장하는 것도 열 받으니까 나는 시키는 대로 손가락을 뻗었다. 가능한 한 선생님께 닿지 않도록 내 손가락을 핀셋처럼 섬세하게 움직여 살짝 밥알을 떼어 냈다.

"자, 뗐어요."

그나저나 이 밥풀은 어쩐다.

"……역시 부끄럽네. 연하한테 어린애 취급을 당하니까 이상해."

"본인이 떼 달라고 한 거거든요?! 왜 혼자 그러세요?"

나는 티슈를 한 장 뽑아 밥풀을 슬쩍 감쌌다.

"이야—. 쓰다듬은 적도 있으니까 재미로 해 볼 수 있겠다 싶었는데 이게 뭐라고 가슴이 콩닥콩닥 뛰네."

"수줍어하면서 혼자서 북 치고 장구 치지 말아 주실래요?! 저까지 부끄러워지잖아요."

"좀 놀린 것 가지고 왜 그래."

경솔한 걸까? 아니면 날 너무 편하게 생각하는 걸까?

텐조 선생님을 잘 모르겠다.

텐조 선생님과 나는 이웃 협정 덕분에 나름 친근한 거리감을 유지하고 있는 상태였다.

집에 있을 때 나이나 성별을 신경 쓰지 않을 수 있게 된 건 솔직히 고마운 일이다.

그럼에도 문득문득 나도 선생님도 서로를 이성으로 의식해 버린다.

그래서 알고 싶어졌다.

텐조 선생님에게 니시키 유나기라는 존재는 대체 뭘까.

"빈틈 좀 보이지 마세요."

"지, 집에서만 이러는 거야! 게다가 오늘은 기분이 좋거든."

"쿠호인 때문이에요? 그건 제가 매일 아침 깨워 줘서 그래요."

정신을 차렸을 땐 그 말이 흘러간 후였다.

순간, 텐조 선생님이 젓가락을 내려놓으셨다.

"무슨 뜻이야?"

선생님이 진지한 얼굴로 이쪽을 바라보았다.

나는 내가 한 말에 대한 텐조 선생님의 반응이 이해되지 않았다.

왜냐하면 조금 전까지 기분 좋던 사람이 화가 난 것처럼 보였기 때문이다.

그 이유를 알 수 없어서 나도 모르게 입을 다물고 말았다.

"니시키 군, 설명해 줘. 쿠호인 양이 지각하지 않게 된 거랑 너랑 무슨 관련이 있는 거야?"

빈틈을 보인 건 나였다.

텐조 선생님이 천진난만하게 기뻐한 이유가 나의 노력이라는 걸 알고 칭찬받고 싶었다.

내 안의 이기적인 허세와 어렴풋한 조바심 때문에 스스로 실토하고 말았다.

선생님은 진지한 표정으로 내 설명을 기다렸다.

가시방석 같은 침묵을 견딜 수 없어서 나는 경위를 말했다.

"걔한테 아침마다 모닝콜을 해 주고 있어요. 그래서 쿠호인은 조례 전에 올 수 있는 거고요."

"언제? 아침엔 너도 식사 준비 때문에 바쁘잖아?"

"텐조 씨가 오시기 전에 전화 한 통 해 주면 끝나는 일이에요. **선생님**도 걱정거리가 줄어서 좋아하셨잖아요?"

난 잘못한 게 없다고 정색했다. 실제로도 손해 본 사람은 없었다.

"니시키 군이 그렇게까지 할 필요가 있어?"

나의 선생님이라도 히로인이 될 수 있을까? 1권 초판 한정 특전

©Rakuto Haba 2023 / Illustration: Shiokoji / KADOKAWA CORPORATION

텐조 선생님은 마치 내 행동이 민폐라는 것처럼 물었다.

"전 선생님이 말씀하셔서 쿠호인을 도와준 것뿐이라고요!"

나는 텐조 선생님이 내 행동을 나무라는 것 같아서 낯빛을 바꾸며 반론했다.

텐조 선생님은 아! 하시며 숨을 삼켰다.

"—맞다. 그랬었지. 내가 너한테 도와 달라고 해서 그런 거구나."

그러다가 자신의 발언을 떠올리더니 노골적으로 낙담했다.

"또 네가 신경 쓰게 만들었구나. 나는 너한테 정말 많이 의지하고 있네."

텐조 선생님은 그 자리에서 무릎을 끌어안아 몸을 돌처럼 둥글게 말더니 우울한 분위기를 발산했다.

상상 이상으로 풀이 죽어 나도 곤혹스러웠다.

"저는 그냥 텐조 씨도 좋아하실 줄 알고."

"좋았지. 드디어 학생에게 내 말이 먹혔다고 생각했는데 내 착각이었구나……."

텐조 선생님은 무릎을 끌어안은 채 옆으로 쓰러지더니 데구루루 바닥을 굴렀다.

내가 공로를 가로채서 삐친 모양이었다.

"그건 그렇고 유나기 군은 쿠호인 양이랑 통화할 정도로 친한가 보네. 아, 작년에도 같은 반이었구나."

담임 교사는 학생의 방에서 공벌레처럼 몸을 둥글게 말고 꾸민 듯한 말투로 말씀하셨다.

"그런 것까지 아세요?"

"담임이니까."

"쿠호인이랑은 이번 일 때문에 연락처를 처음 교환했어요. 그 이상도 그 이하도 아니에요."

나는 황급히 정정했다.

"넌 난처한 상황에 놓인 여자한테 참 잘해 주더라."

커다란 눈만 이쪽을 바라보았다.

"그걸 부정하면 저와 텐조 씨의 이 관계도 근본이 흔들리게 되는데요."

텐조 선생님은 완만한 움직임으로 자세를 원래대로 되돌렸다.

"역시 이곳에서 했던 대화가 외부 일에 영향을 미치는 건 좋지 않아."

"텐조 씨도 교실에서 딸기 잼 이야기를 했으니까 똑같잖아요."

그냥 지나갔으면 좋겠다. 그러길 원했지만, 텐조 선생님은 봐주지 않으셨다.

"응, 그러니까 먼저 고삐가 풀렸던 내 책임이야."

모든 책임을 자기 혼자 떠안으려는 태도가 마음에 걸렸다.

"머리 좀 식힐게. 미안한데 오늘 밤엔 이만 갈래. 저녁 남겨서 미안."

그리고 그대로 뒤도 돌아보지 않고 방을 나가 버리셨다.

식사를 남긴 건 처음이었다.

"......."

나도 저녁을 끝까지 먹을 기분이 아니어서 그대로 침대에 누웠다.

잠시 천장을 멍하니 바라본 후, 한 가지 결론에 도달했다.

"내가 열심히 일하는 사회인을 방해한 건가……?!"

으악, 죽고 싶어.

배려가 독이 되어 버렸다.

어디다 대고 화풀이를 하면 좋을지 몰라 번민했다.

"선생님은 자력으로 해결하고 싶었던 거야."

교사의 프라이드에 흠집을 냈다고 생각한다면 태도가 달라진 게 이해가 됐다.

아무리 내가 좋은 일이라고 생각해도 텐조 선생님이 바라는 일이 아니라면 의미가 없다.

그야말로 괜한 참견이다.

한숨을 내쉬며 내 행동을 후회했다.

이럴 줄 알았다면 아무것도 하지 않는 편이 나았을지도 모른다.

"이웃 협정을 파기하자는 말이 나오는 건 싫은데……."

나도 이 반동거 생활에 완전히 익숙해졌다.

평일, 학교 밖에서의 비밀스러운 관계.

처음에 정했던 규칙대로 우리는 휴일은 각자 보내고 있다.

그래서 공사 구분은 확실히 하고 있는 줄 알았다.

그런데 낮에도 밤에도 얼굴을 마주하며 생활하고 있다 보니, 나도 선생님도 모르는 사이에 여러 부분에 익숙해지고 느슨해지고 모호해져 있었나 보다.

텐조 선생님이 가셨을 뿐인데 실내 온도가 내려간 듯한 기분마저 들었다.

손바닥만 한 자취방이 지독히도 넓게 느껴졌다.

조용한 시간이 지루하게 흘러갔다.

내가 고독하다는 걸 오랜만에 떠올렸다.

"나, 지금 외롭구나."

그런 감각은 집을 나온 후 처음 겪는 일이었다.

한 달도 채 되지 않는 텐조 선생님과의 날들이 나를 완전히 바꿔 놓은 모양이었다.

텐조 선생님이 내게 미치는 영향력이 너무 크다.

상대의 부재를 쓸쓸하게 느낀다는 건 그립다는 증거이기도 했다.

❊ ❊ ❊

이튿날 아침, 텐조 선생님은 평상시와 똑같은 시간에 일어나 메시지를 보냈다.

레이유: 좋은 아침.

오늘은 교무 회의가 있어서 아침은 안 먹어도 돼.

"날 피하는 건가? 아니면……."

어느 쪽이라고 해도 타이밍이 좋지 않아서 애가 탔다.

어제 사건이 머리를 스쳐 지나갔지만, 우선은 아키라에게 모닝콜을 걸었다.

아키라는 곧장 전화를 받았다. 비몽사몽 중인 귀여운 욕지기를 들으면서 통화를 끊었다.

평소라면 아침을 만들 시간이지만, 나만 먹을 거라 가스 불을 사용할 마음이 생기지 않았다.

토스트를 구워 마지막 남은 딸기 잼을 발라 부엌에 선 채로 배를 채웠다.

예의를 지키지 않고 먹어도 지적할 사람이 없다는 게 마음 편한 자취 생활이다.

침대에 걸터앉아 멍하니 커피를 마시는 사이에 등교 시각이 지나 서둘러 교복 재킷을 집어 들고 집을 나섰다.

그리고 뜨거운 햇살에 얼굴을 찌푸렸다.

"암만 4월 끝자락이라지만 거의 여름이잖아."

태양은 달력 따윈 아랑곳하지 않고 가차 없이 내리쬐고 있었다.

나는 교복 재킷을 입지 않은 채 겨드랑이에 끼고 역까지 걸었다.

지하철을 타고 키요 고등학교 근처 역에 도착했다.

"니시키. 오늘은 늦었네."

평소 타는 것의 한 타임 뒤에 오는 지하철을 타고 도착했는데 아키라는 의리 있게 역에서 기다리고 있었다.

최근에는 미리 약속한 것도 아닌데 아키라와 같이 등교하고 있다.

아키라의 경쟁하는 듯한 적대심은 이제 완전히 사라졌다.

"니시키, 오늘 기운 없어 보인다?"

"그래?"

"혹시 나 때문에 일찍 일어나는 게 부담돼?"

아키라는 탐색하듯 나를 쳐다보았다.

"웬일로 기특한 소리를 다 하네."

"아침마다 모닝콜 받는 걸 조금은 미안하게 생각하고 있거든."

"그러게. 이제는 잘 일어나니까 내가 아키라한테 연락할 필요도 없겠네."

어제 선생님과 그런 일도 있었으니 모닝콜을 관두려면 지금이 가장 좋은 타이밍이다.

"뭐? 안 돼. 이제 니시키가 내 생명 줄이야."

조금 전까지의 조신하던 태도는 어디 간 걸까.

"……아키라, 자력으로 일어나는 습관을 기르도록 해."

"그렇게 되게 하려고 돕기로 한 이상, 끝까지 책임져 주지 않으면 곤란해."

"끝까지라니? 설마 졸업할 때까지 모닝콜 당번을 시킬 생각은 아니지?"

아키라라면 그러고도 남는다.

"내가 유급해도 좋아?"

"협박 문구가 좀 그렇지 않나?"

"반 친구를 버리다니. 이 매정한 놈."

사소한 선의가 결과적으로 꽤 비싸게 치였다.

"그럼 다른 친구한테라도 부탁해. 마유즈미라든가."

"리리카는 텐션이 좀 높잖아."

"그래도 괜찮은 애잖아. 흔쾌히 받아 줄 것 같은데."

아키라는 갑자기 내 앞에 섰다.

"니시키는 그런 적극적인 여자가 좋아?"

"왜 내 이상형으로 넘어가는데?"

"됐으니까, 대답이나 해."

자, 뭐라고 대답하면 좋을까.

"보자…… 뭔가 열심히 하는 사람을 보고 있으면 신경 쓰여."

자연스럽게 텐조 선생님이 떠올랐다.

"흠―. 열정을 쏟아부을 게 있는 여자는 연애할 마음이나 시간이 부족해서 연인을 족쇄로 느끼기 쉬워. 니시키한테 어마어마한 매력이 없으면 가능성은 희박할 것 같네."

아키라는 필요 이상으로 확고히 단정 지었다.

"그럼, 네가 좋아하는 남자 타입은? 아키라라면 남친은 맘만 먹으면 만들 수 있잖아?"

"상대방에게 맞추는 게 지겨워. 남의 가슴을 보고 헬렐레하는 변태가 재수 없어. 그리고 남자가 잘난 척하는 것도 싫어. 다시 말해 연애 따위 귀찮아."

"그건 동의해."

"그러니까 니시키처럼 적당한 게 딱 좋아."

"딱 좋은 게 뭔데?"

"의존처."

"확실히 의존이라고 말했다."

"그럼, 숙주(宿主)."

"둘 다 똑같거든."

"아침마다 간식 사 주잖아."

아키라는 불만이야? 라는 눈으로 이쪽을 쳐다보았다.

"오히려 매일 사 줘서 부담스러워."

나는 매일 아키라에게 초코바를 받았다.

"아니면 초콜릿 말고 막대 사탕이 좋아?"

쿠호인은 아침에 당분을 보충하려고 항상 사탕을 물고 있었다.

아키라는 자신이 빨고 있던 막대 사탕을 내 입 언저리로 내밀었다.

"먹던 걸 주냐."

"간접 키스야. 잘됐네."

"잘되긴 뭐가 잘 돼. 그대로 확 먹었으면 어쩌려고 그랬어."

"음. 놀랐겠지만, 니시키라면 괜찮아."

"그거 고맙네."

"우왓, 좋아하네. 웃기셔."

"진짜 모닝콜 때려치울까."

"니시키, 좋아해, 의지하고 있어, 착한 녀석, 최고."

"억지로 칭찬하지 마. 거짓말인 거 티 나."

어설퍼도 좋으니까 연기 좀 해라. 영혼 없는 것도 정도가 있지.

"그러면 어떻게 해야 계속해 줄 거야? 야한 짓이라도 해 줘?"

아키라는 본인의 가슴을 두 손으로 아무렇게나 들어 올렸다.

"사람도 많은데 무슨 짓이야."

나는 당황하며 주의를 주었다.

"자기 어필. 가슴은 자신이 좀 있거든. 육상을 관뒀더니 갑자기 커졌어."

"그런 건 상대를 봐 가면서 해. 경솔한 행동이야."

"보고 있어. 제대로."

아키라는 시원시원한 미소로 이쪽을 쳐다보았다.

"……아키라?"

나는 쿠호인을 도와주게 되면서 쿠호인이 나쁜 아이가 아니라는 것을 잘 알게 됐다.

"니시키, 성가셔."

"성가신 게 싫으면 스스로 일어날 수 있게 되어 봐. 그러면 다 끝나."

진지하게 상대하는 건 소용없는 짓인 것 같아 포기한다.

"그건 무리!"

그러나 아키라는 어째선지 함박웃음을 지으며 손으로 × 표시를 만들었다.

이렇게 자신의 약점을 여과 없이 드러내는 쿠호인 아키라가 조금 부러웠다.

교실로 들어온 텐조 선생님은 내가 보기에는 평소와 다름없는 모습으로 조례를 시작했다. 오늘도 더운 모양인지 재킷을 벗자 팔뚝이 드러났다.

미소를 날리면서 활기찬 목소리로 출석을 불렀다.

그러나 얼굴은 교실 뒤쪽을 향해 고정한 채였다.

교실로 들어온 순간부터 출석을 다 부른 후에도 눈앞에 있는 내게는 시선을 주지 않았다.

와우~. 보아하니 오늘은 완전히 날 못 본 척할 셈이다.

그쪽이 그렇게 나온다면 이쪽도 생각이 있지.

(뚫어져라~~~~.)

나는 짓궂은 장난을 치듯 텐조 선생님을 계속 쳐다봤다.

가까운 거리에서 뚫어지게 쳐다보기.

자, 텐조 레이유. 과연 언제까지 산뜻한 얼굴을 유지할 수 있을 것인가.

이 중압감을 견딜 수 있으면 견뎌 보시지.

"오늘도 여전히 더워서 여름 같네. 일기 예보에선 골든 위크#11 때도 지금처럼 덥다고 하니까 파도가 잔잔한 바다에서 놀기 딱 좋을 것 같아."

텐조 선생님의 질문에 교실 안에서 각기 다른 대답이 되돌아왔다.

하지만 담임 선생님은 내 시선을 받아도 얄미울 정도로 태연히 잡담을 이어 갔다.

그나저나 텐조 선생님이 말한 『파도』라는 단어의 이미지는 우리의 관계성을 나타내는 데 정확했다.

나와 텐조 선생님의 거리감은 왔다가 멀어지는 파도 같았다.

매우 가까워진 것 같다고 느낄 때면 속절없이 멀게 느껴졌다.

잔잔했건만 갑자기 격렬해진다.

끊임없이 변하면서 절대 멈추지 않는다.

나는 그럼에도 햇빛에 반짝반짝 빛나는 파도와 파도 사이를 어쩔 도리 없이 아름답다고 느끼기에 질리지도 않고 바라본다.

"저기요, 레이유 쌤. 어쩐지 오늘 텐션이 좀 낮은데요?"

#11 골든 위크 4월 말부터 5월 초까지 공휴일이 몰려 있는 기간으로 때로는 최장 열흘간 쉬기도 한다.

마유즈미 리리카가 지적했다.

"그러니? 난 오늘도 기운이 넘치는데?"

"남친이랑 싸워서 풀 죽은 것처럼 보이는데요?"

나는 남친도 아니고 뭐도 아니지만, 마유즈미 쟤는 묘하게 예리했다.

"기분 탓이야. 사귀는 사람도 없어."

그 솔로 발언에 반 전체가 열광의 도가니가 되었다.

소란한 교실을 나가는 텐조 선생님은 할 말이 있는 듯한 시선으로 마지막에 나를 힐끔 쳐다봤다.

아무래도 나의 뜨거운 시선에 불만이 있는 것 같았지만, 이번에는 내가 눈치채지 못한 척했다.

사건이 벌어진 건 그날 밤이었다.

금요일 밤이라서 평소라면 내 자취방에서 저녁을 함께 먹는 날이었다.

하지만 텐조 선생님에게 메시지도 오지 않으니 저녁을 먹겠단 건지 말겠단 건지 판단이 서지 않았다.

내가 어른스럽게 확인 연락을 하면 되지만, 왠지 모르게 낮에 보여 준 태도가 마음에 남아 솔직해지지 못하고 있었다.

그 상태로 귀가해 침대에서 잠시 쉴 생각이었는데 어느 틈엔가 잠들어 버렸다.

내 눈을 뜨게 한 건 비단을 찢는 듯한 여성의 날카로운 비명이었다.

"뭐지?!"

황급히 몸을 일으켜 비명의 발원지를 찾았다.

일어나서 방에 불을 켰다. 그사이에도 작은 비명이 끊임없이 들렸다.

"선생님 집에서 들린 소리지? 괜찮나⋯⋯?"

명백히 예삿일이 아니다.

지금도 얇은 벽 한 장 너머에서는 우당탕탕 날뛰는 소리가 들렸다.

흐읏, 꺅, 싫어! 등의 비명이 끊이질 않았다.

"경찰을 부르는 게 나을까? 아니지, 아직 사건인지 아닌지도 모르는데⋯⋯."

내가 망설이는 사이에도 옆집에서는 꽈당탕탕 격렬한 소리가 이어졌다.

"사실을 확인하는 것뿐이야."

나는 옆집의 상황을 파악하고자 하는 이유를 열거하면서 벽에 귀를 갖다 댔다.

"싫어! 오지 마! 저쪽으로 가!"

목소리 주인이 텐조 선생님인 건 틀림없었다.

"왜 멋대로 오는 거야! 적당히 좀 해!"

텐조 선생님은 『제삼자』에게 거절의 뜻을 밝혔다.

"─윽, 역시 망설일 때가 아니야!!"

여태까지 텐조 선생님이 내 자취방에 오는 일은 있었지만, 그 반대는 없었다.

최소한의 예의였으며 넘어서는 안 되는 선.

내 의지로 그것을 깰 생각은 없었다.

텐조 선생님이 특별히 부탁하지 않는 한 절대 발을 들여서는 안 된다.

나는 그런 이해력이 뛰어난 태도가 어른이라고 착각하고 있었다.

지금 나는 자주적이라고 생각했던 행동이 실패로 끝나 버려 삐친 어린아이였다.

선생님이라는 성인 여성에게 달콤한 동경을 품고 있는 한, 나는 그저 텐조 선생님을 올려다보는 것에 불과했다.

상대의 반응에 휘둘리는 수동적인 자세로는 평생 의지가 안 되는 연하남으로 남을 뿐이다.

나이 차이가 줄어들 일은 없다.

하지만 진심으로 지켜 주고 싶다면 인간적으로 어깨를 나란히 해야 한다.

텐조 선생님의 모든 것을 떠안아도 흔들리지 않는다는 걸 보여 주자.

실패를 거름 삼아 내가 더 적극적으로 움직이는 거다.

나는 샌들도 신지 않고 방을 뛰쳐나갔다.

"텐조 씨! 괜찮아요? 문 좀 열어 주세요!"

옆집인 103호의 초인종을 연속으로 누르면서 문을 두드렸다.

그러자 곧바로 기세 좋게 문이 열렸다.

나는 뒤로 튕겨 나가듯 비틀거렸다.

"도와줘!"

나는 울면서 뛰쳐나온 캐미솔 차림의 텐조 선생님을 감싸안았다.

성인 여성이 품 안에 쏙 들어오는 바람에 심장이 덜컹했다.

그 결과 보드라운 가슴이 짓눌리는 게 느껴졌다. 충격적이었다.

텐조 선생님을 온몸으로 처음 받아들인 나는 상당한 일체감을 느꼈다.

그것은 단순히 이성에게 닿아서 발생한 흥분이나 감동 같은 흔한 느낌과는 달랐다.

결코 대신할 수 있는 사람은 존재하지 않는다는 확신이 드는 특별함이었다.

깨닫게 된 이상, 더는 스스로를 속일 수 없었다.

나는 도저히 이 팔 안에 있는 사람과 떨어지고 싶지 않았다.

눈물을 글썽이는 텐조 선생님을 지켜 주고 싶었다.

"왜 이런 일을 당해야 하는 거야."

텐조 선생님은 울먹이며 얼굴을 들었다.

"텐조 씨, 무슨 일이에요?"

내 머릿속에서 어젯밤 일은 이미 사라진 지 오래였고, 텐조

선생님을 돕고 싶었다.

텐조 선생님은 많이 놀라신 모양인지 제대로 걷지 못했기에 일단 내 자취방으로 대피시켰다.

"와 줘서 고마워. 죽는 줄 알았어~."

텐조 선생님은 정말로 초췌해진 상태라 목소리도 겨우 내는 상황이었다.

내 자취방에 들어오자마자 현관에 주저앉아 버리셨다.

"어차피 오늘도 저녁 먹으러 오실 거였으니까 민폐니 뭐니 생각하지 마세요."

나는 텐조 선생님이 사과하기 전에 먼저 선수를 쳤다.

"―사실 오늘 밤에도 오지 않을 생각이었어."

"오늘 밤에도요? 왜요?"

"아침에는 정말 교무 회의가 있었어! ……하지만 어제 그런 식으로 가 버렸는데 어떻게 아침을 먹으러 오겠어."

끙끙 앓았던 건 텐조 선생님도 마찬가지였다.

"제가 몰래 쿠호인을 도와줬던 게 마음에 들지 않으셨던 거죠?"

"아니, 교사로서는 물론 기뻐. 오히려 너한테 질투가 날 정도로."

텐조 선생님이 분하다는 듯 중얼거렸다.

"저한테 질투를요?"

"내가 골머리를 앓고 있는 문제를 넌 손쉽게 해결해 버렸잖아. 교사 체면이 말이 아니야."

다시 말해 텐조 선생님이 마음이 상했던 이유는, 내가 쿠호인 아키라를 도와준 덕에 고질병이던 지각이 개선된 것을 보고 패배감을 느꼈기 때문이다.

"다행이다~. 틀림없이 텐조 씨가 절 미워하신다고 생각했거든요. 그렇군, 질투였구나."

진실을 알고 마음이 놓인 나도 그대로 현관에 주저앉고 말았다.

좁은 현관에서 어깨가 닿을 듯한 거리에 둘은 나란히 앉아 있었다.

"그나저나 쿠호인 양이 상당히 신뢰하는 모양이네."

"저는 그냥 편리한 알람이에요."

"네가 봐도 쿠호인 양, 귀엽지 않아?"

그 질문은 너무 잔혹한데.

마음에 있는 여성이 자신을 이성으로 의식해 주지 않는 것만큼 슬픈 일도 없다.

"제가 귀엽다고 인정하면 어떻게 하실 건데요?"

"······좋아한다면 응원하는 수밖에 없지."

아름다운 얼굴이 가까이에 있다. 조금 전에 흘린 눈물 한 방울이 긴 속눈썹에 남아 있었다.

신경 쓰인 나는 손가락으로 살짝 닦아 주었다.

나는 이쪽을 바라본 텐조 선생님께 불만을 말했다.

"어차피 질투할 거면 제가 텐조 씨 말고 다른 여자랑 연락을 주고받은 게 마음에 들지 않았다는 쪽이 훨씬 기분 좋았을 거예요."

"─적어도 넌 그리 쉽게 싫어지지 않아."

"네? 그게 무슨……."

"나, 남동생 같다는 의미야. 애초에 우리 반 남학생이 다른 여학생과 친하게 지낸다고 담임 교사인 내가 질투하면 이상하잖아. 너하고는 그냥 이웃 주민인걸. 아, 사귀는 사람이 생기면 이웃 협정은 즉시 종료된다는 새 규칙을 만들까?"

텐조 선생님은 속사포처럼 쏟아 놓았다.

나는 뼈저리게 느꼈다.

니시키 유나기는 텐조 씨에게 그저 해가 서쪽에서 뜬다고 해도 이웃 주민일 뿐이다.

가사를 도와줄 수는 있어도 텐조 씨를 진정으로 지탱해 주는 존재는 될 수 없다.

적어도 지금으로서는 어려우리라.

"들어가서 차라도 마실까요?"

나는 먼저 일어났다.

늘 앉던 자리에 각자 앉아 차가운 보리차를 마시며 한숨 돌렸다.

"그래서, 무슨 일이 있었던 거예요?"

"……그게 나왔어."

입에 담기도 역겹다는 얼굴이었다.

"그거요?"

"그거 말이야! 그거! 검은 녀석!"

여전히 몸짓을 많이 사용하지만, 이번에는 잘 모르겠다.

"텐조 씨 댁에 있던 게 전 남친, 스토커, 수상한 사람이 아니었던 거예요? 전 당연히 경찰을 불러야 하는 상황인 줄 알았는데요."

"경찰은 필요 없고, 남친도 있었던 적이 없어!!"

선생님은 빨갛게 달아오른 얼굴로 오히려 역정을 내면서 애인이 없었다는 것을 커밍아웃했다.

흥분하면 의외로 말실수하기 쉬운 사람이구나.

텐조 선생님은 내 반응에 초조해했다.

"아이참! 평소에는 그렇게 눈치가 빠르더니. 그거 말이야, 그거. 더듬이가 길고 검고 반질반질하고 쓸데없이 발이 빠르고. 아―. 더 이상 설명하게 하지 마!"

"아, 나왔군요. 바퀴―."

"그 이름은 듣기도 싫어―!!"

첫 두 음절을 말했을 때 텐조 선생님의 비명으로 삭제당했다.

본인의 귀를 두 손으로 덮고 머리를 도리도리 흔들었다.

죽을 만큼 싫은 모양이었다.

"앞으로 그 이름을 절대 입에 올리지 말 것! 알겠지?!"

정말로 죽일 것처럼 눈을 부라렸다.

"알겠어요. 일단 사건 같은 게 아니라 다행이네요."

헛다리를 짚은 나는 힘이 쭉 빠졌다.

정리해 보면 방에 바퀴, 이른바 B가 나타나서 텐조 선생님은 저렇게나 이성을 잃었던 모양이다. 날이 풀린 탓에 활발히 움직이게 된 거겠지.

"나한텐 대사건이야! 한 지붕 아래서 발생한 긴급 사태라고!"

"저는 만반의 대비를 하고 있어서요."

"배신자!"

"억지도 정도가 있죠."

"아무튼 B를 처단하자! 이건 사활이 달린 문제야. 전면 전쟁을 미룰 수 없어!"

텐조 선생님은 당연하다는 듯 나를 끌어들였다.

"살충 스프레이를 빌려드릴 테니 알아서 하세요."

이걸 빌려드리면 내가 텐조 선생님의 방에 들어갈 필요도 없겠지.

찬장에서 꺼내와 선생님 앞에 놓아두었다. 렛츠 B 헌터! 굿 럭!

"나 혼자 절대 못 해!"

그러나 텐조 선생님은 우는소리를 냈다. 큰맘 먹고 무기를 드렸건만 만질 생각조차 하지 않으셨다.

"목표물을 노리고 스프레이를 뿌리면 끝이에요. 간단하죠?"

"적을 똑바로 못 쳐다보겠어."

"직감이나 심안으로 극복하세요."

"그런 달인은 되고 싶지 않고 될 수도 없어. 유나기 군, 이 냉정한 놈!"

"여자 혼자 사는 집에 들어가는 건 내키지 않아요."

"허락할 테니까 도와줘. 제발! 퇴치할 수 있게 도와줘! 이웃 협정 제2조! 헬프 미!"

텐조 선생님께서 진지한 얼굴로 간청했다.

글썽이는 눈동자로 올려다보니 가슴이 두근거렸다.

"네가 우리 옆집에 살게 된 건 분명 이때를 위해서야."

"귀에 걸면 귀걸이 코에 걸면 코걸이예요?"

"유나기 군. 난 어릴 때부터 벌레만큼은 진짜 쥐약이야."

나는 여기서 나 몰라라 할 정도로 냉정한 이웃은 되지 못했다.

정말 난처한 상황에 놓인 여성은 그냥 내버려두지 못하겠다.

드디어 103호실로 향했다.

"조심해, 어디서 튀어나올지 모르니까!"

"아직 현관문도 열지 않았으니까 좀 떨어지세요. 움직이기 불편해요."

텐조 선생님은 나를 방패 삼아 등에 딱 달라붙어 이동했다.

몸을 아주 딱 붙도록 밀착시켰다.

덕분에 좀비 게임을 하는 것처럼 신중하게 걷게 되었다.

이렇게 달라붙어 있으면 구제 작업을 하기 어렵다.

"내, 내가 사각지대를 책임질 테니까 걱정하지 마."

목소리가 이렇게 흔들리는데 무슨 도움이 되겠어.

게다가 텐조 선생님은 무의식적으로 가슴을 바짝 붙였다. 그러니 B보다 그쪽이 더 신경 쓰였다. 시각적으로 크다는 것은 알고 있었지만, 물리적인 감촉을 등으로 생생히 느꼈다.

거기에 상상력이 더해져 머릿속에는 작은 축제가 열렸다.

실물은 이렇게나 말캉한 것인가.

뜻밖에 생긴 행복을 1초라도 오래 느끼고 싶었지만, 움직이지 않으면 안 됐다.

나는 눈물을 머금고 선생님을 향해 돌아섰다.

"텐조 씨, B는 반드시 제가 퇴치할게요. 그러니까 저희 집에서 기다리세요."

"역시 이성이 보는 건 부끄러운데."

"절 남자로 안 보시잖아요."

"그럴 리 없잖아!"

"하지만 남동생 같다고 했잖아요."

"남동생 같은 거랑 남동생은 다르지."

그렇게 분명히 말해 버리면 애써 이웃 주민으로 대하려 했는데 또 의식하고 만다.

평정을 가장하고 단순히 해충을 구제하는 것뿐이라고 마음속으로 외웠다.

"집에 들어가는 건 역시 좀 신경 쓰여."

"알겠어요. 그럼 같이 가요."

나는 그렇게 말하고 문손잡이를 쥐었다.

"자, 잠깐만!"

"왜요?"

"마, 마음의 준비가."

"괜찮아요. 저만 믿으세요."

"……믿음직해."

"—실례합니다."

나는 드디어 텐조 선생님의 방에 발을 들여놓았다.

방에서 나는 냄새부터가 달라서 놀랐다.

똑같은 구조인데 생활하는 사람이 다르다는 이유만으로 이렇게나 달라질 수 있단 말인가.

현관에서 신발을 벗고 복도를 걸어갔다.

복도에 있는 전구 하나에 불이 들어오지 않아 다소 어두침침했다.

발밑을 조심하면서 살충 스프레이를 권총처럼 앞쪽으로 내밀었다.

세면장 위쪽에서 검은 그림자가 흔들렸다. 서둘러 노즐의 끝부분을 겨눴다.

"아, 그건 수영복이야. 오늘 입었던 걸 너는 도중에 그게 나와서 아직 걸려 있는 거야."

텐조 선생님은 쑥스러워하는 목소리로 설명했다.

경영 수영복에 흠칫하다니 나도 참 한심했다.

불이 켜진 방에 발을 들여놓았다.

"방, 깨끗한데요?"

"무슨 뜻이야?"

"전에 정리가 제대로 안 되어 있다고 하셨잖아요."

텐조 선생님의 방은 지극히 깔끔했다.

발 디딜 틈도 없이 어질러져 있을 거라고 생각했는데 전혀 그렇지 않았다.

생활감이 느껴지는 건 침대 위에 벗어 놓고 그냥 둔 파자마 정도. 머리맡에 있는 인형이나 안고 자는 인형이 선생님의 여성스러움을 드러냈다. 바닥에는 털이 긴 러그가 깔려 있었고, 둥근 테이블과 쿠션이 놓여 있었다. 창가에는 텔레비전, 작은 데스크 세트, 책장에는 일본사 선생님답게 역사 관련 책이 줄지어 꽂혀 있었다.

"너무 찬찬히 둘러보지 마."

"죄송해요."

혼자 사는 여성의 집을 방문하긴 처음이다.

담임이라고는 해도 연상인 누나.

일반적인 연애라면 이걸 계기로 남녀 사이가 더욱 깊어지는 경우도 있겠지. 남자로서 앞으로를 기대하고 싶은 것도 사실이다.

하지만 진짜 겁먹은 사람의 화살받이로 세워져 B를 대신 퇴치해야 하니 로맨스의 『로』자도 없었다.

"어, 어때? 보여?"

"쓱 훑어봤을 때는 안 보이네요."

"꼭 찾아 줘!"

그러니까 딱 달라붙지 마세요. 고민이 깊어진다고요.

"테이블 밑이나 가구 사이를 체크할 건데 괜찮으세요?"

"부탁해."

나는 방의 구석구석을 들여다보며 바퀴 녀석을 찾았다.

살짝 탐정이 된 기분이었다.

남의 집을 이렇게 구석구석 살피는 건 처음이다.

눈길이 닿는 범위를 꼼꼼히 확인했지만, B의 모습은 역시 보이지 않았다.

"없는데요."

"분명히 있었다고!"

"그럼 아직 확인하지 않은 어딘가에 숨어 있을 가능성이 높아요."

"밖으로 도망쳤을지도 몰라."

"텐조 씨가 그렇게 받아들이신다면 저는 이만 물러나고요."

살충제만큼은 그냥 빌려주자.

"가지 마!"

텐조 선생님이 필사적으로 소매를 붙잡았다.

"이 방에서 아직 안 본 곳은 침대 주변이랑 옷장 안이야."

역시나 남자인 내가 수색하기에는 좀 망설여졌다.

"여기 정도는 직접 하실래요?"

"……아니야, 부탁해도 될까?"

"나중에 불평하지 마세요."

텐조 선생님이 지켜보는 가운데 나는 작업에 착수했다.

먼저 침대부터. 젊은 여성이 매일 잠을 자는 장소에 올라가다니 긴장된다.

나는 잡념을 떨치고 특히 냄새를 의식하지 않도록 적극 노력했다.

베개와 이불, 인형과 바디 필로우를 치워 가며 침대와 벽 사이 등을 꼼꼼히 체크했다.

그러나 그 여기에도 B의 모습은 보이지 않았다.

"그렇다면 이번에는 옷장이네."

이곳은 심리적인 부담감이 훨씬 높았다.

"열어도 돼요? 제가 보면 안 되는 건 없는 거죠?"

나는 재차 확인했다.

"괜찮아. 오늘 안으로 잡지 못하면 밤에 잠을 못 잘 것 같거든."

무슨 일이 있어도 꼭 잡아야 한다는 의지가 보였다.

나도 각오를 다지고 옷장을 열었다.

안에 놓여 있는 선반의 서랍이 열려 있었다. 거기에 정리된 색색의 속옷이 눈에 훤히 들어왔다. 뭐랄까 자극이 강한 섹시한 디자인만 보였다.

게다가 브래지어의 사이즈가 상당히 큰 느낌이다.

대체 무슨 컵인 거야? 라는 의문이 순수하게 떠올랐다.

"아, 속옷은 안 돼!"

텐조 선생님은 황급히 내 앞으로 비집고 들어와 엉덩이로 서랍을 밀며 닫았다.

그리고 부끄러운 듯 얼굴을 붉게 물들였다.

나도 어색해져서 시선을 바닥으로 떨구었다. 그때 검은 그림자가 바닥을 기어가고 있었다.

"찾았다!"

"진짜?! 꺅!!"

발밑을 빠르게 지나가는 B 녀석 때문에 선생님이 또 비명을 지르며 내게 안겼다.

"수, 숨 막혀요."

"어떻게 좀 해 줘~."

"이러면 못 잡잖아요!"

결국 방 안에 살충 스프레이를 마구잡이로 뿌리며 한바탕 소동을 벌인 끝에 B 녀석을 퇴치했다.

창문을 열어 환기하고, 티슈를 몇 장이나 사용해서 사체를 감싼 뒤 내 자취방 쓰레기통에 버렸다.

설령 움직이지 않는다고 해도 자기 방에 있는 것조차 생리적으로 무리란 얘기다.

작업이 종료되었다고 보고하러 다시 선생님의 댁으로 돌아갔다.

"끝났어요."

"유나기 군, 덕분에 살았어."

텐조 선생님은 겨우 해방되어 편안한 표정을 짓게 되었지만, 자기 집인데도 있을 곳이 없다는 것처럼 계속 서 계셨다.

"걱정이 되시면 대책을 다시금 확실히 세우는 게 좋아요."

"잠깐! 그럼 다른 곳도 좀 봐줄래?"

붙잡혔다. 또 쓸데없는 소릴 늘어놓고 말았다.

텐조 선생님의 얼굴에도 다시 긴장감이 흘렀다.

"이렇게 된 이상 철저히 해 보죠. 먼저 침입 경로를 찾고 싶으니 싱크대 아래쪽을 봐도 될까요?"

"찾아 줘! 그리고 동료가 있다면 숨통을 확실히 끊어 놔! 전멸만 인정할 거야!"

"예예."

물을 사용하는 곳도 점검했다.

몸을 웅크려 싱크대 아래쪽을 살폈다. 스마트폰에 있는 손전등으로 비춰 보았지만, 이상 무.

텐조 선생님은 확실히 집안일을 어느 정도 하실 줄 아는 모양이었다. 하지만 기본적인 조리 도구나 조미료는 갖추고 있었어도 오래도록 사용한 흔적은 없었다.

"싱크대 같은 곳이 더러우면 나오기 쉬우니까 오히려 요리를 하지 않았던 게 효과가 있었네요."

싱크대와 가스레인지 주변도 체크했으나 이쪽은 딱히 문제없어 보였다.

먹다 남은 음식이나 불결한 위생 때문에 나타난 것 같진 않았다. 여기는 깔끔히 청소된 상태였다.

"어때? 있어?"

"현재로서는 안 보여요."

"그럼 어디서 나온 거야?!"

"글쎄요. 아무래도 1층이면 들어오기 쉽죠."

"나도 1층 말고 다른 층을 원했는데 조건에 맞는 빈방이 여기뿐이더라고. 시간도 없었고, 화장실과 욕실이 따로 있고, 월세도 좀 저렴해서."

불평해도 소용없지만, 현실적인 이유로 타협해야 하는 경우는 종종 있다.

"이대로는 오늘 밤에 못 자. 무슨 방법 없어?!"

불쌍하리만치 비통한 표정으로 선생님은 또 울음을 터뜨릴 것 같았다.

연상의 위엄 따위 아랑곳하지 않고 정말로 곤란해했다.

그리고 나 역시 유감스럽게도 그냥 내버려둘 정도로 박정한 남자는 못 되었다.

"물을 사용하는 곳은 깨끗하게 유지하고 출입할 만한 장소에는 퇴치제를 새로 사서 놓아두죠."

"그럼 하자! 지금 당장 하자! 집의 안전이 최우선이야!"

전에 없이 막무가내였다.

나는 스마트폰으로 시간을 확인했다.

지금 바로 나가면 늦지 않겠다.

"드러그 스토어는 아직 문 열었어요. 제가 새 걸로 사 올게요."

설치형 퇴치제는 기본적으로 일회용이라 미리 사 두지 않는다.

"그럼 같이 가. 너희 집에는 안 나왔지? 같은 제품으로 살래. 그리고 무슨 일이 있어도 오늘 밤 안에 끝장을 볼 거야!"

눈에서 광기가 느껴진다.

"네? 같이 가겠다고요? 저 혼자 가도 괜찮아요."

"내 자취방 문제잖아. 짐 정도는 들게."

"별로 무겁지도 않아요."

"여기서 기다리는 건 무서워. 아, 됐고. 따라갈래!"

이리하여 검은 침입자 때문에 나는 이웃 주민과 야밤에 물건을 사러 외출하게 되었다.

금요일 밤, 함께 주택지를 걸었다.

훤히 꿰고 있는 동네 골목길을 담임과 나란히 걸으니 기분이 상당히 묘했다.

주변이 조용했다. 두 사람의 발소리만 들릴 뿐 지나가는 이는 아무도 없었다.

"기분이 왠지 이상해."

먼저 입을 뗀 것은 텐조 선생님이었다.

평상복을 입고 카디건을 걸친 선생님과 밤을 걷는 중이었다.

그 때문인지 지금은 텐조 선생님의 존재가 조금은 가깝게 느껴졌다.

"유나기 군은 쿠호인 양한테 진짜 관심 없어?"

텐조 선생님은 말도 안 되는 헛다리를 짚었으면서 자신만만하게 말했다.

"또 그 얘기예요? 끈질기시네."

"쿠호인 양은 귀엽잖아. 수업 중에 걔를 힐끔힐끔 쳐다보는 남자애들이 반에 꽤 있거든."

텐조 선생님은 「자, 누나한테 상담해 봐!」라는 태도로 다가왔다.

"바퀴 때문에 머리가 어떻게 되셨어요?"

"짧게 말해도 안 돼! 그 이름을 절대 입에 올리지 마!"

선생님이 내 팔을 찰싹 때렸다.

"애초에 텐조 씨의 연애 정도치가 너무 낮아요."

"너무 무례한데? 남친은 없었지만, 고백은 엄청 받았었어."

본인 입으로 자랑할 마음이 전혀 없는 걸 보니 텐조 선생님은 연애에 흥미가 없는 모양이다.

그렇다고 치니 이 사람의 연애관이 궁금해졌다.

"그럼 좋아하는 사람과 사귈 수 있게 조언 좀 해 주세요."

텐조 선생님은 의기양양한 얼굴로 연애 성공법을 풀어내기
시작했다.

"연애는 초장에 승부를 봐야 해! 여자들은 새로운 이성을 만
났을 때 시간이 많이 흐르면 상대방을 연애 대상으로 의식하
지 않게 된다. 그러니까 상대의 연애 스위치를 켜려면 단기간
에 많이 만나고 대화를 나누면서 접촉 빈도를 높이는 게 중요
한 열쇠가 되지!"

"연애 스위치가 뭔데요?"

나는 즉시 질문을 던졌다.

"상대를 떨리는 상태로 만드는 거야."

"구체적으로 어떻게 해야 떨리게 만들 수 있죠?"

그리고 틈을 주지 않고 다음 질문을 퍼부었다.

"너무 몰아붙이듯 물어보는 거 아니야?"

"조언을 구하는 것뿐이에요, 누님. 대답해 주시죠."

나는 웃으면서 생각할 시간을 주지 않고 대답을 요구했다.

"잠깐 기다려 봐."

"에이, 생각해 보지 않으면 모르시는 거예요?"

"유나기 군, 좀 짓궂다?"

"기분 탓인 것 같은데요? 그나저나 조금 전에 했던 말은 누
구한테 들은 말이죠?"

"어떻게 알았어?!"

내가 알아맞히자 텐조 선생님은 눈을 동그랗게 떴다.

"경험치가 전혀 느껴지지 않아서요."

"연애 고수인 내 친구가 해 준 말이니까 조언 자체는 틀림없어. 접촉 빈도는 완전 중요해!"

"본인은 실천 안 하세요?"

"아픈 곳을 찌르네."

텐조 선생님은 밤하늘을 올려다보면서 본인 이야기는 회피했다.

"그리고 그거 아세요?"

이래저래 우리 집에서 저녁을 먹게 된 지 어언 한 달.

낮에는 학교, 밤에는 내 자취방. 나는 어떤 친구나 가족보다 텐조 선생님과 대화를 많이 했다.

"뭐가?"

"……저랑 접촉 빈도가 가장 높은 여성은 단연코 텐조 씨인데요?"

텐조 선생님은 누가 봐도 미인이다.

많은 이가 호의를 가지지만, 나는 텐조 선생님과 그 이상의 관계로 발전할 수 없다는 것을 알게 되었다.

텐조 선생님과 나는 처음부터 사는 세계가 달랐다.

그저 우연히 같은 시기에 가까운 장소에 있을 뿐이었다.

가까운 곳에 살게 된 행운에 감사하며 이런 미인과 말을 섞을 수 있게 된 것만으로도 만족해야 했다.

매력 있는 사람은 그저 곁에 있는 것만으로도 주변 사람들을 행복하게 만든다.

혹은 미치게도 하고.

어쩌면 나도 그중 한 명에 불과하겠지.

말로 표현하니 가슴 한구석에 억누르고 있던 감정이 술렁댔다.

고동이 솟구쳐 맥박이 격렬히 뛰었다.

머리는 고열로 의식이 희미해져 정상적인 사고를 저지하려고 했다.

생리적인 욕구만으로 움직이는 것은 아니다.

나이 차이나 사회적 입장 차이나 상식이나 그러한 이성적인 제한을 차치하고, 단순히 남자와 여자로서 텐조 선생님에 대한 솔직한 마음은 이미 확고했다.

니시키 유나기는 자신의 담임을 현실적인 연애 상대로 생각하고 있었다.

웃고, 울고, 기뻐하고, 초조해하고, 화내고, 즐거워하고, 놀라고, 또 웃고. 지금까지 함께한 날들 속에서 선생님이 보여 준 모든 표정이 사랑스럽게 느껴졌다.

나의 연애 스위치는 진즉 켜졌다.

나는 어쩔 도리 없이 텐조 레이유라는 여성이 좋아졌다.

"......................."

텐조 선생님은 숨을 삼키더니 그 자리에 멈춰 버렸다.

당연하다고 생각했던 상식이 느닷없이 백팔십도 달라진 듯한 충격에 이해력이 따라가지 못하는 모양이었다.

"다시 말해 드려요?"

나는 아직도 뒤에서 움직이지 않는 선생님을 향해 돌아보면서 물었다.

"됐어! 괜찮아! 듣긴 들었으니까!"

표정이 굳은 선생님은 잰걸음으로 따라오셨다.

보아하니 감정이 흔들리는 모양이었다.

"아~. 그러니까. 아니지, 암만 그래도 이런 연상녀는 연애 상대에 안 끼워 주잖아."

텐조 선생님은 손을 휙휙 흔들면서 힘껏 부정하셨다.

텐조 선생님이야말로 연하한테는 흥미가 없는 주제에 이렇게 당황하는 건 대체 무슨 경우인지.

시치미를 뗄 거면 좀 더 농담처럼 해 주셨으면 좋겠다.

학교에서 보여 주는 여유 만만한 태도로 아무렇지 않게 받아넘겨 달라고.

반응이 어중간하면 나도 괜히 기대하게 되잖아.

"있잖아, 아무리 밥을 같이 먹는 경우가 많다고 해도 뭐랄까, 지극히 가족에 가까운 느낌? 의지할 수 있는 누나 같은 포지션이지."

"텐조 씨를 누나라고 생각하는 건 역시 어렵죠."

"의지할 구석이 없어서 미안하네."

"토라지지 마세요. 저는 그런 텐조 씨가 좋아요."

"어른 놀리지 말랬지!"

"솔직한 마음이에요."

"더 나빠! 이런 밤길을 걸을 때 은근슬쩍 말하면 그게 진심인지 아닌지 어떻게 알아!"

"호오, 그럼 상황이 갖춰지면 되는 거네요."

좋은 힌트를 얻었다. 언젠가 도움이 될 것 같았다.

"그런 문제가 아니라!"

"제가 귀찮으세요?"

"오늘은 나한테 너무 다가와도 너무 멀어져도 곤란해! 그것만큼은 확실해!"

역시 나와 텐조 선생님은 밀려오는 파도 같은 관계다.

늘 닿아 있지만, 그 경계선은 모호하다.

확실히 흑백을 나누는 듯한 명확한 선은 못 긋겠다.

"이런 대답은 좀 치사하려나?"

텐조 선생님이 자조하듯 중얼거렸다.

"설마요. 그 덕에 옆에 있을 수 있는걸요."

텐조 선생님이 외모처럼 완벽하고 결점도 없는 어른이라면, 나는 분명 텐조 선생님의 사생활에 관여할 수 없었다.

참 얄궂기도 하지.

"─그런 부분이 여자를 착각하게 만들어."

"네?"

"아무것도 아니야!"

어느덧 목적지인 드러그 스토어에 도착할 즈음 텐조 선생님이 뛰기 시작했다.

"자! 도착하면 이 화제는 더 이상 말하기 없기! 알겠지?"

텐조 선생님은 이쪽을 향해 빙그르르 돌더니 손가락으로 딱 가리켰다.

뒤에 있는 가게 조명 때문에 텐조 선생님의 모습이 또렷이 떠올랐다.

그 모습이 밤인데도 눈부시게 느껴져서 나는 눈을 감고 말았다.

드러그 스토어로 들어가 필요한 B 벌레 퇴치 제품을 바구니 가득 쓸어 담고 계산대로 향하다가 다른 선반 앞에 멈췄다.

"또 뭐 살 거 있어?"

"텐조 씨 집 복도의 전구가 나갔던데 사는 김에 같이 사죠."

"그건 또 언제 봤어? 고마워."

『제법인데?』하고 텐조 선생님이 팔꿈치로 나를 찔렀다.

"아, 하지만 전구 사이즈 알아?"

"집 구조가 똑같으니까 설비도 똑같아요."

"어떤 게 맞는지 외우고 있다니 대단한데?"

"전에도 갈아 끼웠거든요."

나는 선택한 전구도 바구니에 넣었다.

"사야지, 사야지 하는데 항상 잊어버려. 신경 써 줘서 고마워."

"복도가 밝으면 수영복을 경계하지 않아도 되니까요."

마침, 욕실 앞쪽이 어두웠기에 내 기억에 확실히 새겨졌다.

"그래? 사실 수영복을 보고 두근거린 거 아니야?"

텐조 선생님은 놀리듯 내 얼굴을 들여다보았다.

"됐으니까, 계산이나 하세요."

"아—. 얼렁뚱땅 넘기려고 했어."

"……그야 남자니까 수영복은 각별하죠."

"흐음—. 수영부에 들어오면 실컷 볼 수 있어."

텐조 선생님은 그렇게 말하시며 계산대로 향했다.

텐조 선생님은 몸매가 매우 뛰어나시니까 수영복도 잘 어울리겠지.

매혹적인 육체를 감싼 신축성이 뛰어난 고기능성 천 쪼가리는 좋든 싫든 선생님의 탄탄한 몸과 여성적인 볼륨을 강조할 것이다.

상상만 해도 강렬해서 실물을 영접하는 날에 냉정함을 유지할 수 있을까?

막간 3 신경 쓰여

드러그 스토어에서 아파트로 돌아와 유나기 군의 집에서 어제 남긴 저녁을 데워 먹었다.

늦은 저녁을 먹고 나서 내 방에 벌레 퇴치제를 다시 설치했다.

"자, 미심쩍은 장소에 대강 설치했어요. 연기가 나오는 건 집에 안 계실 때 사용하세요. 위험하니까 연기가 나는 동안에는 반드시 나가 계시고요."

"이걸로 인류는 구원받았어. 고마워, 유나기 군!"

"과장하지 마세요."

"나한테는 그 정도의 위업이거든."

"그럼 안녕히 주무세요. 월요일에 봬요."

유나기 군이 돌아가자 솔직히 마음이 놓였다.

남자 사람을 집에 들이다니. 인생에서 처음 겪는, 첫 경험이다 보니 뭘 어떻게 해야 할지 몰랐다. 게다가 B 녀석 때문에 나 자신이 평소보다 엉망진창이었던 것 같은 느낌이 든다. 아니, 틀림없이 평소처럼 행동하지 않았다.

"안 돼. 객관적으로 생각하면 할수록 개한테 너무 의지만 했어."

그렇지 않아도 평일 식사를 부탁하고 있는데 오늘은 B 벌레 퇴치 대책에 전구 교환까지 맡기고 말았다. 내가 미처 신경 쓰지 못한 부분까지 살펴 주었다.

"이대로는 안 돼. 의존에 가깝잖아."

최근에는 처음과는 다른 의미로 두근거리게 됐다.

유나기 군이 쿠호인 양에게 모닝콜을 해 준 일로 분위기가 어색해졌는데도 내가 위급한 상황일 때 달려와 주었다.

나는 이성과의 첫 신체 접촉에 가슴이 뛰고 말았다. 유나기 군은 상상했던 것보다 훨씬 다부져서 여자의 신체와는 그야말로 다른 개체였다.

단지, 여기까지라면 긴급 사태로 인해 나도 제정신이 아니었다고 변명할 수 있다.

그러나 쐐기를 박은 것은 드러그 스토어로 가는 길에 들었던 그 말.

'……저랑 접촉 빈도가 가장 높은 여성은 단연코 텐조 씨인데요?'

"대체 무슨 뜻이야! 어른을 가지고 노는 것도 적당히 해야지!"

나는 괜히 바디 필로우에 화풀이했다.

괜히 허세를 부리다가 완전히 자폭하고 말았다.

"내가 얼마나 마음고생을 하는지 모르면서! 진짜!"

그렇지 않아도 유나기 군의 방에서는 긴장을 들키지 않으려고 여유 있는 척 행동했는데, 나도 모르는 사이에 본모습을 드러낸 모양이다.

학교에서도 자리가 가까워서 이제는 긴장을 풀면 교사 모드를 유지할 수 없을 것만 같았다.

오늘처럼 그렇게 뚫어져라 쳐다보면 신경 쓰여서 일을 제대로 할 수 없단 말이야!

니시키 유나기라는 존재에 생각한 것 이상으로 흔들린다.

무엇보다 짜증 나는 건 그런 말을 들으면 내심 기분이 좋다는 것이다.

이 미지의 감각을 어쩌면 좋을지 몰라 항복한 상태다.

절친이 조언해 준 접촉 빈도 기준에 따르면 대답은 명백했다.

─혹시 이거 금단의 사랑이 시작되는 건가?!

"(꺄악~~~~~~~~~~~~~~~~~~~~~!!!!!!!!)"

바디 필로우를 껴안으면서 차마 목소리가 되지 못한 비명을 질렀다.

헉, 뭐야 이건. 여러 의미에서 무리라고.

안 돼, 텐조 레이유! 걔는 연하고 미성년자야. 연정을 품으면 안 되는 사람인데!

아무리 머리로 브레이크를 잡아도 가슴 언저리의 격렬한 고동은 잦아들지 않았다.

나는 숨이 막혀서 얼굴을 들었다.

인정하면 안 된다. 인정해 버리면 결정적인 붕괴가 발생할 것 같은 예감이 들었기 때문이다.

나는 저절로 올라가는 입꼬리를 두 손으로 꾸욱 눌렀다.

그리고 손을 뗐다.

역시 마음은 싱숭생숭했고 표정은 헤벌쭉 벌어졌다.

처음으로 둘이 밤길을 걸었을 때, 왠지 신선해서 즐거웠다.

"아니지, 즐거워하면 어떡해?!"

유나기 군과 헤어지고 몇 번이나 반성해 봐도 상황은 전혀 개선되지 않았다.

오히려 악화됐을 뿐이다.

"이웃 협정이 있으면 어떻게든 넘어갈 수 있을 거라고 생각했는데…….."

같은 아파트 이웃. 거의 동거 생활과 다를 바 없다.

남동생뻘 되는 남학생이니 밥 먹는 것 정도로 달라질 건 없다고 생각했는데.

오산도 이런 오산이 없었다.

아니, 떠올리기만 해도 나의 다른 부분이 민감하게 반응했다.

완벽한 타인이 일상에 끼어든 것뿐인데 여러 부분이 통제력을 잃어 가는 중이다.

두려워해야 하는데, 모르는 사이에 푹 빠져 버렸다.

"이 관계는 대체 뭘까…….."

몸을 옆으로 쓰러뜨렸다.

남과 여.

학생과 교사.

연하와 연상.

이웃 주민.

어떤 단어에 욱여넣어도 와닿지 않았다.

친구라고 하기에는 거북하고, 누나와 동생이라고 하기에는 너무 가깝고, 가족이라 하기에는 말이 맞지 않다.

신기하게도 기묘한 편안함이 있는 모호한 거리감.

긴장감과 안정감을 양팔 저울에 달아 보면서 계속 흔들리는 듯한 기분이다.

"너의 선생님이라도 히로인^{연인}이 될 수 있을까?"

누구에게 묻는 것도 아닌 연약한 혼잣말.

입에 담으면서도 결론만큼은 확실했다.

지금 이대로가 좋다.

충분하다.

얕은 물에서 물놀이를 하는 한, 분명 물에 빠질 염려는 없다.

깊은 곳으로 가려고 하면 틀림없이 이 적당히 기분 좋은 관계는 거품처럼 사라질 것이다.

모호하기 때문에 발을 담그고 있을 수 있다.

"내일이 휴일이라 다행이야."

휴일이라서 유나기 군과 만날 일도 없다.

안도해야 정상인데 어쩐지 아쉬운 기분도 들었다.

제4장 비

"텐조 씨?!"

"유나기 군?!"

B 사건 이후, 이틀째인 일요일 오후.

우리는 역 앞에 있는 슈퍼마켓 안에서 우연히 만났다.

같은 생활권에서 살고 있으면 당연히 같은 가게를 이용하기도 한다.

그러니 이렇게 마주칠 가능성도 제로는 아니었다.

다만, 막상 집이나 학교가 아닌 장소에서 만나면 기분이 묘했다.

텐조 선생님은 사복 차림도 귀여웠다.

학교에서처럼 말끔히 차려입은 정장도 아니거니와 편하게 움직일 수 있는 실내복과는 차원이 달랐다.

봄 분위기가 나는 연한 색 얇은 원피스에 청재킷을 걸쳤고, 긴 머리카락은 아래쪽에서 양 갈래로 묶어 캐주얼해 보였다.

그 때문인지 평소보다 훨씬 덜 연상처럼 느껴졌다.

"옷 스타일이 겹쳤네. 커플룩 같아."

그러고 보니 오늘 나도 셔츠 위에 청재킷을 입었다.

"신경 쓰이시면 제가 재킷이라도 벗을까요?"

"슈퍼 안은 의외로 춥잖아. 난 괜찮아."

서서 이야기하는 것도 통행에 방해가 되기에 우리는 일단 걷기로 했다.

"그 후로 벌레는 안 나와요?"

"응. 어제 기피제도 피웠으니까 우리 집 방어력은 한층 높아졌어."

"또 곤란한 일이 또 생기면 편하게 부탁하세요."

"다음에는 비명을 지르기 전에 너희 집으로 먼저 달려갈게. 유나기 군은 장 보러 왔어?"

"네. 텐조 씨는 어디 다녀오시는 길이세요?"

"아니. 나도 너처럼 장 보러 왔어."

"예쁘게 차려입으셔서 당연히 어디 놀러라도 다녀오신 줄 알았어요. 잘 어울리세요."

"고마워. 하지만 평소에 입는 옷이야."

"입고 있는 사람도, 입고 있는 옷도 멋있으니까요."

"칭찬해 줘도 콩고물 안 떨어져."

　슈퍼라서 텐조 선생님의 장바구니에도 식재료가 들어 있었다.

"요리 정도는 제가 하는데."

"네 덕분에 여유가 좀 생겼거든. 쉬는 날 정도는 직접 해 먹으려고."

"좋아하는 것도 드실 수 있고요."

"말해 두겠는데, 네가 해 주는 요리에 전혀 불만 없어! 혹시

나 해서 하는 말이야!"

내가 별 뜻 없이 한 말을 텐조 선생님이 다급히 수정했다.

"드시고 싶은 거 있어요? 있으면 재료를 미리 사 둘게요."

"아—. 어쩌지. 오히려 매번 어떤 요리가 나올까 기대하는 재미도 있어서."

"그렇게나요?"

"열심히 일하게 만드는 충분한 원동력이 돼."

"기합을 더 넣어야겠는데요?"

"반대로 유나기 군은 먹고 싶은 거 있어? 괜찮으면 오늘 밤에라도 만들어서 가져다줄까?"

우리는 처음 만났던 장면이 떠올라 웃었다.

"무리하지 않으셔도 돼요. 쉬는 날에는 푹 쉬셔야죠."

"평소 은혜에 대한 보답이야."

"괜찮아요."

"가장 평범한 고기 감자조림을 만들자!"

내가 사양하자 텐조 선생님은 혼자 정해 버렸다.

"아, 고기 감자조림은 아직 만든 적이 없네요. 나도 만들어 볼까?"

"잠깐잠깐! 네가 만들면 의미가 없잖아."

텐조 선생님이 내 등을 찰싹 때렸다.

"옆집에 사는 누나가 음식 나눔의 단골 메뉴인 고기 감자조림을 들고 오면 기분 좋지 않겠어?"

"완전 좋죠."

"그럼 내가 만들게!"

텐조 선생님은 곧장 필요한 재료를 사러 갔고, 나도 뒤따라 슈퍼를 돌았다.

계산을 끝내고 슈퍼를 나왔다. 같은 아파트에 사니까 필연적으로 돌아가는 길도 똑같았다.

역 앞의 상점가를 걷고 있는데 정육점 앞에 있는 크로켓이라는 글자에 시선을 빼앗겼다. 마침 아침 간식 시간이라 출출한 참이었다.

우리가 동시에 발걸음을 멈춘 것을 눈치챈 정육점 아주머니가 입을 열었다.

"거기 커플. 방금 튀긴 거라 맛있어요. 한번 먹어 봐요!"

"'커플요?!'"

그 영업 멘트에 나와 텐조 선생님은 서로를 마주 보았다.

"남들이 보기엔 우리가 그렇게 보이는 걸까?"

"옷을 비슷하게 입은 두 남녀가 슈퍼에서 장을 보고 나란히 돌아오는 길이라 착각했나 봐요."

아무리 생각해도 균형이 맞지 않는 조합인데 참 억지로 잘도 갖다 붙인다.

뭐, 상인은 립 서비스가 좋을수록 득이긴 하지.

"방금 튀겼다는데 드실래요?"

"찬성."

텐조 선생님이 크로켓 2인분을 사서 돌아왔다.

"유나기 군은 양손에 짐이 있으니까 먹으면서 걷기 불편하겠는데."

"텐조 씨는 저 신경 쓰지 마시고 먼저 드세요. 따뜻할 때 먹어야 맛있죠."

"그러니까 너도 먹어야지. 자."

텐조 선생님은 내 입으로 크로켓을 내밀었다.

"이대로 먹으라고요?"

"바삭바삭하고 따끈따끈할 때 먹는 게 가장 맛있을걸?"

"부끄럽거든요."

"누가 보고 있는 것도 아니잖아. 자, 식기 전에 먹어."

갓 튀긴 크로켓의 유혹을 뿌리칠 수 없었다.

예의에는 어긋나지만 나는 과감히 덥석 물었다.

둘이 나란히 걸으며, 때때로 크로켓을 텐조 선생님이 먹여주시면서 아파트로 돌아갔다.

"맛은 어때?"

"맛있어요."

입안이 데이지 않도록 조심히 먹으며 말했다.

"오, 정말이네. 맛있다. 퇴근길에는 늘 문이 닫혀 있어서 처음 먹어 봤어."

"가게에서 파는 튀김류는 맛이 없을 수가 없네요. 집에서 튀김에 도전하는 건 아직 자신이 없거든요."

"어머, 유나기 군도 못 하는 게 있구나."

"독립한 지 아직 1년 남짓이니까요."

"튀김에 능숙해지면 대단한 거지."

"어라? 기대하시는 거예요?"

"알아서 해석해."

"암만 그래도 여름 방학 전에 능숙해지긴 어렵죠. 게다가 여름에 튀김은 좀."

"……? 왜 여름 방학 전으로 제한하는 거야?"

"그야, 이사 가신다고…….."

나는 죄송한 마음으로 이웃 협정을 만들 때 정했던 사항을 재확인했다.

"아~. 그랬었지. 맞아. 그런 약속을 했었어."

"문제가 있으면 무리하지 마세요. 역시 제가."

"그런 성가신 일을 떠맡는 게 어른의 책임이야."

텐조 선생님은 교사의 표정으로 머리 위를 올려다보았다.

"……어라, 비 올 것 같아."

오전 중 그렇게나 맑았던 하늘에 거짓말처럼 어느새 먹구름이 쫙 깔렸다.

"일기 예보도 안 보세요? 오늘은 이제부터 비가 올 거예요."

"말도 안 돼! 빨래 널어놓고 왔는데!"

마침 빗방울이 토독 떨어졌다.

내리기 시작한 비는 순식간에 기세가 강해져 아스팔트를 검은색으로 물들였다.

"아, 텐조 씨! 저 접이식 우산 있어요."

"가까우니까 괜찮아!"

"그럼, 뛰죠!"

빗발이 강해지는 와중에 장바구니를 양손에 꽉 잡고 서둘러 뛰었다.

아파트까지는 몇 분 거리에 불과했지만, 그 사이에도 빗발은 더욱 거세졌다.

"뛰어도 소용없을 것 같은데요?"

나는 비에 젖은 얼굴로 텐조 선생님을 보며 말했다.

"잔뜩 쌓인 빨랫감을 모처럼 빨았어! 다시 빨긴 싫어!"

그러나 텐조 선생님은 포기하지 않았다.

"미끄러지지 않게 조심하세요!"

아스팔트는 완전히 젖어 검은빛을 띠었다.

점차 우리 아파트가 보이기 시작했다.

"유나기 군, 미안한데 좀 도와줘. 양이 좀 많아서."

"알겠어요!"

103호실의 문을 열고 같이 뛰어 들어갔다.

복도가 젖든 말든 신경 쓰지 않고 방을 가로질러 창문을 열었다.

둘이 협력해서 빨래 건조대에 걸려 있던 빨랫감을 급히 걷었다.

전부 실내로 거둬들이자, 바닥에 빨랫감이 산더미처럼 쌓였다.

우리도 그제야 겨우 젖은 상의를 벗었다.

"와—. 다 젖었어. 다시 빨아야 해."

"빨래하실 때 뭐 좀 도와드려요?"

나는 풀이 죽은 텐조 선생님께 여쭤보았다.

"남학생한테 자기 속옷을 널게 하는 여교사가 세상천지 어디 있어! 변태 플레이냐!"

"아뇨, 당연히 속옷은 빼 주세요. 저도 곤란하거든요."

나는 침착하게 대답했다.

"……."

"텐조 씨는 사실 남자한테 면역력이 없는 거 아니에요?"

"뭐어? 있거든. 가까워져도 아무렇지 않아."

텐조 선생님이 정색하며 갑자기 다가와서 나는 반사적으로 뒷걸음질쳤다.

발밑이 잘 보이지 않았기에 뒷걸음질치다가 한쪽 발이 기세 좋게 쓰레기통에 처박혔다.

결국 나는 균형을 잃고 그대로 바닥에 쓰러지고 말았다.

낙법 자세도 잡지 못한 채 등을 부딪치는 바람에 둔탁한 충격이 전해졌다.

"~윽."

신음을 흘리며 통증의 불쾌감에 얼굴을 찌푸린 채 눈을 감는 수밖에 없었다.

"유나기 군?! 괜찮아? 엄청 큰 소리가 났는데."

근처에서 목소리가 들리는 걸 보니 텐조 선생님이 곁으로 온 모양이었다.

"아파서 죽을 것 같아요."

"어떡해. 병원 갈래?"

"좀 있으면 괜찮아질 것 같으니 잠깐 쉴게요."

"뭐 필요한 거 있어?"

"쿠션 좀 주세요."

아파서 한동안 움직이고 싶지 않았다. 죄송하지만 잠시 바닥에 누워 있어야겠다. 근처에 있는 쿠션을 베개 대신 빌려주면 고마울 것 같았다.

"알겠어. —자, 머리를 들어 봐. 됐어."

시키는 대로 목을 들고 힘을 뺐다.

"……?"

그런데 일반적인 쿠션과는 느낌이 달랐다. 천의 감촉이 아니라 부드럽고 따뜻했다.

눈을 뜨자 텐조 선생님의 얼굴이 바로 위에 있었다. 묶고 있었던 머리도 풀린 상태였다.

"어때? 머리를 부딪쳤는데 어지럽거나 속이 메스껍진 않아?"

"무릎베개를 해 주신 거예요?"

"부, 불편하면 관둘게."

쑥스러움을 들키고 싶지 않은지 텐조 선생님은 내 쪽을 보지 않았다.

"아뇨, 최고로 편한걸요."

"그럼, 다행이고."

불도 켜지 않은 방에 바깥의 희미한 불빛이 어른거리고 빗소리만 들렸다.

비에 젖어서 그런지 모든 게 다르게 보였다.

연분홍 입술이나 머리카락이 평소보다 반짝였고, 젖어서 달라붙은 옷은 선생님의 선정적인 보디라인(body-line)을 돋보이게 했다. 성숙한 성인 여자다운 가슴이나 엉덩이에 비해 가는 팔다리와 가날픈 어깨가 도드라졌다. 무엇보다 맞닿은 몸이 너무 말캉해서 놀랐다.

"……속옷이 비칠지도 모르니까 위쪽은 보지 마."

"죄송해요."

그 자세로 서로의 체온을 느끼면서 꼼짝하지 않은 채 시간이 흘러갔다.

"비가 많이 오네. 점점 거세져."

"본격적으로 비가 내리기 전에 돌아오시길 잘했네요."

"너희 집은 바로 옆이니까……."

"아, 민폐가 된다면 돌아갈게요."

"가고 싶을 때 가. 지금은 너희 집이 우리 집 같고, 우리 집이 너희 집 같으니까."

무릎베개의 영향 때문인지 텐조 선생님은 그런 말을 서슴없이 했다.

그때 하늘을 찢어 놓을 것처럼 격렬한 빛이 번쩍였다.

벼락의 섬광에 비친 여성의 얼굴.

내 망막이 포착한 것은 흑백.

직후의 우렛소리.

세계를 무너뜨리는 듯한 강렬한 소리에 텐조 선생님의 젖은 머리카락에서 흘러내린 물방울이 내 볼로 떨어졌다.

"아, 차가워."

"빨리 벗지 않으면 감기 걸리겠다. 내 정신 좀 봐. 지금 수건 가지고 올게."

일어서려는 텐조 선생님보다 내가 먼저 몸을 일으켜 충동적으로 그 가는 손목을 붙잡았다.

텐조 선생님은 몸이 굳은 채 꼼짝도 하지 않았다.

—내가 행동하지 않으니 마치 시간도 멈춘 것 같았다.

비에 젖은 티셔츠가 몸에 달라붙어 기분이 좋지 않은데 몸만큼은 몹시 뜨거웠다.

억눌러 왔던 정욕의 불꽃을 자각하기에는 충분하고도 남았다.

심장이 파열될 것처럼 빠르게 뛰었다.

온갖 잡음을 지워 버리듯 격렬한 빗소리만이 방 안을 채웠다.

내가 몸을 움직이는 소리 따윈 절대 들리지 않았다.

그것이 마치 하늘이 허락해 준 것처럼 느껴졌다.

"가지 마세요."

텐조 선생님은 등을 돌린 채 어깨를 올리며 크게 숨을 들이켰다.

올려다보기만 했던 사람의 팔을 당겨 살며시 바닥에 앉혔다.

손을 놓았지만, 텐조 선생님은 도망가지 않았다.

"젖었는데 안 추워?"

"살결 때문에 따뜻했어요."

"왠지 좀 야하게 들려."

"감상은 자유라고 생각하는데요."

"내가 괜한 짓을 했나 봐."

"저한테는 인생 최고의 베개였어요. 계속 자고 싶을 정도였어요."

"그랬다간 내 다리에 쥐 나."

"그럼, 무릎베개는 왜 해 주셨어요?"

나는 궁금해서 물었다.

"내가 묻고 싶어. 너는 나랑 어떤 관계가 되고 싶은데?"

전에 없을 만큼 텐조 선생님의 질문은 돌직구였다.

"더 다가가고 싶어요."

"그건 애정이야? 아니면 성욕?"

"둘 다요. 어느 한쪽만 고수할 수 있을 정도로 노련하지도, 단순하지도 않거든요."

애정과 성욕은 동전의 양면이다.

어느 한쪽이 고귀하고 다른 한쪽이 추한 건 있을 수 없다.

인간은 한없는 사랑과 통제 불가능한 생리적인 욕구가 혼재된 상태로 살아간다.

거기에 인간이라는 생명체의 성가심이 응축된 것 같은 느낌이 든다.

"너나 나나 분명 분위기에 휩쓸려서 그런 걸 거야."

"전 아니에요."

그것만큼은 확실했다.

"때마침 내가 가까이에 살고 여건이 맞아서 그랬겠지."

"그런 싸구려 이유였다면 벌써 침대에 쓰러뜨렸겠죠."

선생님은 어깨를 떨었다.

"아…… 죄송해요. 저는 그냥 소중히 대하고 싶을 뿐이에요."

"─나는 네가 기대하는 것만큼 대단한 여자가 아니야."

텐조 선생님이 얼굴을 숙인 채 속삭이는 듯한 목소리로 고했다.

"텐조 씨……?"

왠지 분위기가 이상하게 흘러가는 것을 감지했다.

눈앞에 있는 여성은 다른 사람이 된 것처럼 말이 유창해졌다.

"분위기에 휩쓸려 너라는 이성을 받아들이는 건 아주 간단해. 앞뒤 생각하지 않고 솔직해지면 만족할 수도 있을 거야. 하지만 그리되면 너와 난 더 행복해지는 걸까?"

이해한다면서도 통념을 내세우니 바로 전까지 가깝게 느꼈던 선생님의 마음이 멀어지는 것 같았다.

"분위기를 이상하게 몰아간 내가 나빴어. 함께 보내는 시간이 즐거운 건 사실이고, 네가 만들어 주는 요리는 나를 행복하게 해 줬어. 하지만 이 이상 관계가 깊어지는 건 좋지 않아."

"왜요?"

"내가 너한테 괴로운 추억이 되긴…… 싫거든."

내가 끼어들 틈도 없이 선생님은 빠른 어조로 심정을 토로했다.

"안 될 거라는 걸 전제로 말씀하시네요."

"학생은 졸업해. 학생과 교사라는 관계가 끝나면 이 거리감도 틀림없이 변할 거야."

"저는 좋은 쪽으로 변하고 싶어요."

"용기 내줘서 고마워. 덕분에 내가 얼마나 무책임한 인간인지 잘 알았어."

선생님이 일어남과 동시에 맹렬한 번개가 방을 하얗게 물들였다.

등을 돌리고 있던 선생님의 그림자가 까맣게 도드라졌다.

"통증은 가라앉은 거지? 그럼, 이만 가 줘."

선생님은 나를 쳐다보지도 않고 문을 가리켰다.

"혼자만 잘못했다는 식으로 말씀하시면서 해결했다고 생각하지 마세요. 이건 우리 둘의 문제예요."

나는 일어섰다.

"어른스럽게 따라 줘."

"텐조 씨가 조금 전에 말씀하셨죠. '내가 너한테 괴로운 추억이 되긴 싫다'고."

"그게 왜?"

나른하게 고개를 젖히며 말씀하시는 걸 보니 내가 성가신 모양이었다.

"이상해요. 끝내 관계가 망가질 거라니. 누가 정했죠?"

미래는 아무도 모른다.

텐조 선생님은 지금 이 관계가 끝나는 게 싫으니까 깊은 단계로 나아가는 것을 피하고 있단 생각이 들었다.

"—웃, 이 관계는 처음부터 이상했어!"

텐조 선생님은 정색하시면서도 나를 쳐다보려 하지 않았다.

"제가 궁금한 건 그럴싸한 어른의 변명이 아니에요. 선생님의 진심이지."

텐조 선생님이라면 어른스러운 태도로 나를 이용할 수도 있고, 차갑게 밀어 낼 수도 있었다.

그런데 선생님은 어중간했다.

멀어지기를 재촉하지만, 확실히 거부하지는 않았다.

한사코 이쪽을 봐주지 않아서 나는 한 번 더 텐조 선생님의 손을 잡으려고 했다.

"그만해!"

텐조 선생님이 기세 좋게 뿌리친 손은 내 볼을 치고 말았다.

"아, 미안."

텐조 선생님은 곧바로 사과하며 그제야 겨우 얼굴을 들었다.

텐조 선생님은 화를 내지도 싫어하지도 않았다. 그저 나를 염려하는 표정을 짓고 있었다.

"텐조 씨는 연기가 서툴러요."

나는 아주 조금 다가섰다.

텐조 선생님은 도망치듯 몸을 뺐다. 그 뒤에 침대가 있다는 것을 깜박 잊은 모양이었다.

실수로 발이 걸린 텐조 선생님은 침대 위로 드러눕듯 쓰러지고 말았다.

"……이런."

나의 이런 작은 움직임에도 텐조 선생님이 간단히 침대에 쓰러져 버려 어안이 벙벙했다.

나는, 더는 도망가지 못하도록 선생님을 포개듯 침대로 올라갔다.

두 사람의 체중으로 삐걱대는 싱글 침대.

물론 지금 하는 짓은 진심이 아니다.

하지만 딸기를 나눠 주러 오셨을 때도 선생님은 중요한 대화를 피하려는 듯 도망쳤었다.

지금 여기서 물러서면 재차 대화를 시도하려고 용기를 낼 자신이 없었다.

"이 이상 얼버무리려고 하면, 어떻게 해 버릴까?"

나는 가능한 한 농담처럼 경박한 말투로 말했다.

늘 그랬듯이 시시한 상황극으로 몰아가면 선생님도 편하게 말할 수 있을 거라 믿고서.

"내 침대에 허락 없이 올라오지 마."

텐조 선생님이 카리스마를 되찾았다.

"텐조 씨도 제 침대에서 주무셨잖아요."

"그, 그건 실수야!"

"그렇다면 이것도 실수예요."

내가 뻔뻔하게 정색하자 텐조 선생님은 골이 난 표정으로 나를 노려보았다.

하지만 곧바로 작은 목소리로 불만을 말했다.

"남자한테 밀려 넘어진 건 처음인데."

"꽤 쉽게 넘어가던데요?"

"그런 테크닉이라도 있는 거야?"

있는 힘껏 허세를 부리는 모습이 귀여웠다.

"그런 게 있다면 구사해서 일단 텐조 씨와 키스라도 할래요."

텐조 선생님은 허둥대며 두 손으로 자신의 입술을 감쳤다.

나는 웃어 버리고 말았다. 아름다운 연상녀의 소녀 같은 반응에 두근거리지 않을 남자는 없다.

"키스하고 싶은 것뿐이라면 자고 계실 때 말없이 했을걸요."

"그것도 그러네."

"네. 텐조 씨는 무방비 그 자체니까."

"너도 참을성이 대단하긴 해."

"그게 한계에 다다른 모양인지 아까 뺨 맞았잖아요."

나는 잘못을 인정했다.

"아까 그건 어쩌다 보니…… 아팠어?"

이 사달이 났는데도 텐조 선생님은 여전히 독하지 못했다. 선생님은 걱정스러운 듯 내 뺨에 손을 뻗었다.

차가운 손이 열기를 띤 볼에 닿자 기분이 좋았다.

"괜찮아요."

"아픈 걸 좋아해? 마조히즘이야?"

"연상의 누님한테 격렬하게 리드 당하는 것도 나쁘지 않겠네요."

"은근슬쩍 네 바람을 전달하지 마! ……부담돼."

"어? 그 말은?!"

"노골적으로 좋아하지 마, 바보!"

텐조 선생님은 부드럽게 볼을 감싼 손으로 내 얼굴을 멀리 밀어 버리려고 했다.

"기대하게 되는 걸 어떡해요."

"……."

텐조 선생님은 내 밑에서 시선을 우왕좌왕하며 몸에 힘을 줬다.

나는 다음 말을 기다렸다.

"만약 내 욕구나 감정을 한 번이라도 받아들이면, 더 이상 못 참을 것 같아. 이것저것 원하는 게 많아져서 멈추지 않을걸. 지금 이 관계 이상으로 어떻게 잘 지낼 수 있다는 건지 나는 잘 모르겠어."

"왜 무리라고 단정 지으세요?"

"──영원한 사랑 같은 건 믿지 않으니까."

나는 잠시 할 말을 잃고 말았다.

이렇게 아름다운 사람이 그런 자신 없는 말을 하다니.

"스무 살이 넘은 여자가 이런 말을 하니까 확 깨지? 그렇지? 깼잖아."

"소녀 같아서 귀여운걸요."

"~윽, 시끄러워! 쉽게 허용하지 마! 네 마음은 무슨 태평양이야?"

"태양 같으신 분이 무슨 말씀이세요."

"그─러─니─까 그런 점 말이야! 내 본모습은 네가 동경할 만큼 예쁘지도, 훌륭하지도 않아! 게다가 연상에다 선생이니까 지금은 좋을지 몰라도 언젠가 환멸을 느낄 날이 반드시 온다니까! 그런 결말이 무서워서 싫어! 그러니까 관계가 더 깊어지는 건 안 돼!"

텐조 선생님은 어린아이가 떼를 쓰는 것처럼 울음을 터뜨릴 것만 같았다.

"부탁이니까 오늘은 그만 가."

나는 이번에야말로 따르는 수밖에 없었다.

니시키 유나기가 학생이 아니라 다른 입장이었다면 받아 줬을까.

내가 텐조 선생님보다 연상이었다면 이 관계는 좀 더 깊어질 수 있었을까.

선생님이 두려워하지 않고, 마음껏 의지할 수 있는 남자였다면 고민하지 않아도 됐을까.

아니, 분명 문제는 그것뿐만이 아니리라.

우리 사이에 싹트는 감정이 사랑이라면 지금 이대로 관계가 깊어지는 것만으로는 부족하다.

텐조 선생님이 안고 있는 『사랑』에 대한 불신감을 없애지 않는 한 분명 슬픈 결말에 도달할 것이었다.

텐조 선생님도 그것을 알고 있기에 이대로의 관계가 깊어지는 것 또한 주저하고 있을 터.

그럼에도 텐조 선생님은 상처받는 미래보다 아리송하고 적당히 기분 좋은 현재를 원했다.

그러나 지금의 난, 좋아하는 사람을 울릴 수는 있어도 눈물을 멈추게는 할 수 없는 상태…….

나 자신에게 분통이 터졌다.

막간 4 네가 없으면

『정리하면 우연히 옆집에 사는 사람이 너희 반 학생이고, 한 달 가까이 밥을 얻어먹는 동안에 너도 그리 싫은 기분은 아니었어. 그리고 점점 서로 이성적인 호감을 느꼈는데도, 겁먹어서 거절했다고……?! 너무해! 잔인해! 그 친구가 불쌍해.』

유나기 군이 돌아간 날 밤, 나는 고민을 혼자 끌어안고 있을 수 없어서 절친에게 전화로 미주알고주알 털어놓았다.

"너무 노골적으로 말하지 마."

『우는소리 하지 마! 가장 울고 싶은 건 옆집에 사는 그 친구거든!』

"읍."

정곡을 찌르는 말에 나도 모르게 옆집과 면한 벽을 쳐다보았다.

『하아~. 지적하고 싶은 부분이 너무 많아서 어디서부터 손을 대면 좋을지 모르겠어. 너의 첫 연애 상담에 들떴던 내 감동을 돌려줘.』

전화 너머로 성대한 한숨이 들려왔다.

"따, 딱히 연애 상담 아니거든! 그냥 이웃 주민이랑 문제 좀 생긴 거지."

『저기요, 남녀의 만남에는 항상 로맨스의 가능성이 잠재되어 있어! 처음의 특별한 것 없는 날들이 훗날 되돌아보면 썸이었다~. 이거야! 다시 말해, 전부 연애 상담이지!』

절친이 전에 없이 강하게 주장했다.

"연, 애……."

역시 나의 이 마음은 연애 감정으로 분류되는 걸까.

『게다가 내가 듣고 싶은 건 레이유가 들뜬 행복한 에피소드지, 그렇게 축 처진 심각한 실패담이 아니거든!』

"여, 연애 상담은 대체로 심각하잖아. 게다가 실패라니."

어쩐지 대놓고 실패라고 얘기해서 가슴이 아팠다.

『모처럼 마음에 있던 사람한테 작업이 들어왔잖아! 그 천재일우의 기회를 스스로 날려 버리다니. 그게 실패가 아니고 뭐니? 아―. 왜 좀 더 일찍 얘기해 주지 않았어?!』

10대 시절부터 쭉 나를 지켜봐 온 절친은 자기 일처럼 화내고 있었다.

덧붙인 말은 전에 없이 엄격했다.

"그게 아니라 갑자기 비가 와서 도와 달라고 했고, 걔가 쓰러져서 걱정된 것뿐이야."

『그리고 마지막에 네가 유혹했잖아.』

"유혹이라니, 말을 해도 참."

그럴 생각은 아니었는데.

아니었지만 스스로 생각해 봐도 평소보다 확실히 대담했다.

『오늘 하루만 봐도 죄들을 세어 보면 끝이 없잖아. 슈퍼에서 우연히 만나서 짐을 들어 달라 했고 집까지 같이 왔어. 오는 길에 간식도 사 먹고, 양손에 짐이 들려 있던 그 아이에게 크로켓을 먹여 줬지. 비가 내리는 바람에 네 빨랫감을 같이 걷어 달라고 부탁했어. 게다가 무릎베개까지—. 아~. 불여우.』

"누, 누가 불여우라는 거야! 그냥 간호한 거야!"

『네가 그런 식으로 여러 행동을 쌓아 가다 보면 남자 쪽에서 움직이는 것도 당연한 결과지. 만약 마음도 없으면서 그런 행동을 했다면, 네가 착각하게 만든 거니까 네 잘못이 맞아. 절교감이야.』

아무리 숨기지 않고 제 입으로 실토했다고 해도 오늘 했던 모든 행동에 빨간 딱지가 붙는 건 솔직히 괴롭다.

"이제 그만해. 이미 재기 불능이니까."

『진짜 재기 불능인 건 그 친구야! 자칫하면 평생 트라우마가 될 거라고.』

할 말을 잃게 만드는 단언에 숨이 제대로 안 쉬어졌다.

『잘 들어. 남자는 본질적으로 겁이 많은 종족이야. 도가 지나치게 자신감이 과하거나 비상식적인 인간이 아닌 이상, 기회를 엿보면서도 좀처럼 용기를 못 내. 레이유, 그럴 때 분위기에 휩쓸린 척 연기를 해 주는 게 솜씨 있는 여자야.』

수많은 남자의 마음을 쥐락펴락했던 연애 고수의 말에는 설득력이 가득했다.

솔직히 나에게는 다른 차원의 테크닉이었다.

"연애라는 게 머리로 생각하면서 해야 하는 거였어……?"

『아니면 그 남자애가 상당히 어른스럽단 거겠지. 어디 사는 연애 초보자가 매일 밤 호랑이 소굴인 남자의 집에 제 발로 걸어 들어오는데 혈기 왕성한 청년이 덮치지 않고 그냥 됐으니.』

"덮쳐?!"

너무 놀라 목소리가 뒤집어졌다.

『바지런하게 뒷바라지를 해 주는데 보답을 요구하지 않잖아? 그런 장래성이 높은 우량(優良) 물건은 내가 사귀고 싶어.』

"걔는 고등학생이야! 무슨 소릴 하는 거야!"

『거절한 사람이 누군데 그런 말을 해? 불쌍한 옆집 학생, 이 누나가 위로해 주고 싶네.』

절친은 처음부터 끝까지 유나기 군 편을 들었다.

"아직 찬 거 아니야. 확실히 좋아한다고 고백을 받은 것도 아니고……."

나는 그렇게 자신을 정당화하려고 필사적이었다.

『좋아한다고 말한 거나 다름없잖아! 너도 걔랑 지내면서 시야 안에 완전히 들어온 주제에. 나한테 연애 상담을 한다는 것 자체가 그 증거야!』

"역시 그런가? 그런 거겠지……? 아마 그럴 거야~."

『우왓, 좋아하는데도 피해 버리다니. 현실 연애에서는 진절머리 나도록 성가신 여자야. 츤데레가 용서되는 건 2차원뿐이라고.』

절친은 어이없어했다.

"난 연애에서 밀고 당기기 같은 거 못 해."

『이 세상에는 싫지 않으면 시험 삼아 사귀어 보는 사람도 있는데.』

"걔한테 어떻게 그런 못된 짓을 하겠어!"

『상식적인 어른인 척 잘난 체하는 건 상관없는데, 전혀 실천을 못 하고 있거든?』

절친은 신랄했다.

『참고로 옆집에 사는 그 친구처럼 잘 챙겨 주고 훈남인 남자는 주변에 있는 여자들도 분명히 체크하고 있어. 네 건 줄 알고 마음 놓고 있다가 너도 모르는 사이에 딴 여자랑 사귀고 있어도 난 모른다?』

냉담하게 잘라 버렸다.

"걔 그렇게 가벼운 애 아니야."

『그거 전부 너의 희망적인 관측이셔.』

"겁주지 마."

『사실입니다만.』

반론할 수 없었다.

『—레이유가 좋아하지도 않는 사람에게 무릎베개를 해 줄 애가 아니라는 건 알아. 그래서 사전 준비나 마음의 준비라도 해 놓길 바란 거야. 절친의 늦은 첫사랑을 힘껏 응원해서 가능하면 이뤄지게 해 주고 싶어.』

절친은 아쉬워해도 별수 없는 진심을 토로했다.

"내 첫사랑?"

『게다가 초심자가 도전하기에는 상당히 난도가 높은 연애야. 욕망이 이끄는 대로 돌진해도 들켰을 때 잃게 되는 게 너무 많아.』

절친은 내가 사랑이 없는 가정 환경에서 자란 걸 안다.

어떤 마음으로 교사가 됐는지도 잘 안다.

그래서 깊이 공감하고 열렬히 응원하지만, 무턱대고 부채질하진 않는다.

"응. 내가 아닌 것 같아서 무서워."

나는 유나기 군과 함께 있으면 감정을 컨트롤할 수 없게 된다.

고양감이 증폭되고, 냉정함이 상실되고, 이성이 둔해지고, 상식이 마비되고, 낙관이 강해져 행동이 대담해진다.

그게 부끄럽지만 싫진 않다.

긴장되지만 안심된다.

만지고 싶지만 만지고 싶지 않다.

상반되는 감정이나 욕구가 솟구친다.

남자와 사귀어 본 적이 없어서 전부 처음 겪는 일투성이다.

셀 수도 없이 많은 첫 경험을 쌓아 가는 건 즐거웠다.

그의 도움이 있어서 나는 긍정적인 마음을 갖게 됐고, 생활에 의욕이 생겼다.

별것 아닌 일상에서 둘이 함께 있는 시간이 특별하게 변해 흘러갔다.

『맞아. 첫사랑은 원래 괴로운 거니까.』

절친의 긍정에 눈물이 터질 것 같았다.

첫사랑을 경험하기에는 너무 늦었고, 그 와의 만남은 너무 일렀다.

난 이미 어른이니까.

상대의 호의가 기뻐서 그것을 순순히 받아들일 수 없는 상황이 고통스러웠다.

교사와 학생의 관계로 있는 한, 거기에서 싹트는 사랑이란 이름의 감정은 결코 맺어서는 안 되는 금단의 과실이다.

그럼에도 나는 손을 뻗고 싶었다.

『레이유가 사이가 좋지 않은 부모님을 질리도록 봐 와서 누군가를 좋아하는 걸 겁내는 건 어쩔 수 없어. 누구도 자신의 가족을 선택할 수 없으니까 네 책임이 아니야. 그걸 혼동하면 안 돼.』

"응."

『하지만 그런 네 사정을 그 친구에게 대입시켜서 끝내는 건 말도 안 되는 짓이야.』

"알아."

『애초에 옆집 친구는 두 사람의 나이 차이나 사회적 입장 문제를 알고 있으면서도 초심자 연상녀를 도와주고 있잖아. 그런 천사 같은 친구에게 못 할 짓을 하는 건 친구로서 용서 못 해. 그렇게 알고 어떻게 할지는 네가 생각해 봐!』

절친은 누구보다 진지하게 꾸짖어 주었다.

"응."

나는 그 말을 스스로에게 각인시켰다.

절친은 전화를 끊기 전에 마지막으로 한 가지 조언을 해 주었다.

『—허다한 사랑이 식어 가지만, 진정한 사랑이라면 그 어떤 문제나 장애물도 두 사람의 유대를 끈끈하게 만드는 통과 지점에 지나지 않아.』

원하는 미래로 나아갈 자신 따윈 없다.

하지만 이렇게 어색한 채로 끝나 버리는 건 싫었다.

소중한 지금의 관계성을 잃고 싶지 않다.

그것이 텐조 레이유의 진심이다.

"좋아!"

나는 먼저 그 작은 약속을 지키려고 밤이 깊었음에도 부엌에 섰다.

☼ ☼ ☼

그리고 날이 밝아 월요일 아침.

교실에 도착하자 맨 앞자리가 비어 있었다.

항상 나를 올려다보던 니시키 유나기가 웬일로 지각을 한 것이다.

창가로 시선을 향하니 쿠호인 아키라는 제시간에 착석한 상태였다.

"선생님, 구령을 외쳐도 될까요?"

교단에 말없이 서 있던 나는 학급 위원의 목소리를 듣고 제정신으로 돌아왔다.

"응, 부탁해."

평정을 가장하며 조례를 끝내도 유나기 군은 끝내 모습을 나타내지 않았다. 머릿속에는 어제 있었던 일이 원인인 것 같아 마음이 놓이지 않았다.

어쩌지? 나중에 그한테 메시지를 확 보내 버려?

평소에는 사적인 연락만 주고받아서 학교에서 있었던 일을 언급하진 않는다.

오늘 아침에 한심하게도 식사는 어떻게 할 건지 알려 주지 않은 채 그의 집에 들르지 않고 학교로 와 버렸다.

이럴 줄 알았으면, 마음 단단히 먹고 들렀더라면 좋았을 걸 하고 후회했다.

적극성을 발휘한다는 것은 행동한다는 것과 거의 같은 뜻이다.

어제의 결의는 어디론가 사라져 버린 것처럼 행동하지 못하는 나 자신의 연약함이 너무 싫었다.

그리고 어제 보여 준 그의 용기가 얼마나 위대한 것인지 뼈저리게 느꼈다.

고민하고 있을 때 쿠호인 양이 이쪽으로 다가왔다.

"텐조 선생님, 드릴 말씀이 있는데요."

쿠호인 양이 말을 걸어온 건 처음이라 허를 찔렸다.

"선생님?"

"어, 그래. 무슨 일인데?"

나는 미소를 지으면서도 어젯밤 친구가 했던 말이 문득 떠올랐다.

『너도 모르는 사이에 딴 여자랑 사귀고 있어도 난 모른다?』

마음을 불안하게 만드는 얄미운 말을 잘도 한다.

"니시키는 감기에 걸려서 오늘 결석이래요. 그렇게 전해 달라고 부탁받았어요."

쿠호인 양은 표정 하나 바꾸지 않고 퉁명스럽게 전했다.

"감기?! 열 많이 난대?"

예상 밖의 보고에 몹시 놀랐다.

비에 젖었던 게 탈이었을까.

"글쎄요. 자세한 건 모르겠어요. 선생님, 너무 놀라시는 거 아니에요?"

"아―. 아하하. 그러게. 설마 쿠호인 양이 알려 줄 거라고는 생각 못 해서 놀랐어. 미안."

웃으면서 얼버무리려 했으나 쿠호인 양의 시선은 어쩐지 싸늘했다.

"……어쩌다가 니시키랑 연락할 일이 있어서요."

"호오, 두 사람 친하구나. 전혀 몰랐어."

뻔한 연기를 하고 있다는 것쯤은 나도 안다.

유나기 군이 쿠호인을 깨워 주려고 모닝콜을 해 주는 건 이미 알고 있었다.

생각하기에 따라서는 쿠호인 양도 나도 유나기 군에게 도움을 받고 있다는 점에서는 비슷한 입장이었다.

아아, 이러면 안 돼.

나는 또 학생에게 질투하고 말았다.

유나기 군이 나 말고 다른 사람을 의지했다는 사실이 조금 분한 거겠지.

"있잖아. 둘이 사귀는 거야?"

정신을 차리고 보니 내 입에서 그런 질문이 새어 나왔다.

"딱히. 니시키가 오지랖이 좀 넓어서 그래요. 이번엔 우연히 대신 전해 달라고 부탁받았을 뿐이에요. 이제 가도 되죠?"

쿠호인 양은 말을 마치고 빠른 걸음으로 자기 자리로 돌아갔다.

나는 출석부를 펼쳐 니시키 유나기의 이름에 결석이라고 썼다.

구태여 결석이라고 쓰지 않아도 늘 눈앞에 있던 학생이 없으면 싫어도 부재를 의식하게 된다. 익숙했던 풍경이 확 달라져서 진정이 되지 않았다.

"좋겠다. 학생끼리는 아무 문제 없을 테니까."

아무에게도 들리지 않는 목소리로 중얼거렸다.

같은 2학년 C반 일원인데 나만 모두와 입장이 달랐다.

교사와 학생. 어른과 아이. 그 당연한 사실이 지금은 조금 쓸쓸했다.

교실을 나와 복도를 걷는 와중에도 머릿속은 기어이 그의 생각으로 가득했다.

"감기에 걸렸으면 나한테 직접 연락하면 될 텐데."

내가 한 짓은 생각하지도 않고 점점 부아가 치밀어 올랐다.

내가 생각해도 참 뻔뻔하다. 어제 그런 식으로 유나기 군을 돌려보냈는데 나에게 메시지를 보낼 리가 없다. 내가 그의 입장이었다고 해도 무리다.

쿠호인 양에게 전언을 부탁한 것만 봐도 유나기 군이 거북해한다는 건 확실하다.

"밥이나 약은 챙겨 먹었을까⋯⋯."

혼자 살면 아플 때 가장 난처하다. 간호해 줄 사람이 없으니 몸이 아파도 스스로 움직이지 않으면 아무것도 할 수 없다.

"─이럴 때를 위해서 이웃 협정이 있는 거잖아."

나는 해야 할 일을 하자고 마음먹었다.

제5장 우선 솔직해져 봐

아침에 눈을 뜨자 몸 상태가 확연히 좋지 않았다.

체온계는 없었지만, 온몸에 위화감이 있고 몸을 일으키는 것조차 힘겨웠다.

물을 마시려고 냉장고 앞에 섰지만, 어젯밤에 산 식재료를 텐조 선생님의 집에 두고 온 것을 이제야 깨달았다.

그 사실이 쐐기를 박아 마음이 완전히 꺾였다.

인정하자. 감기에 걸렸어.

목을 축이고 침대로 돌아왔을 때 전화가 걸려 왔다.

"여보세요."

『우왓, 받았다.』

전화기에서 얼빠진 목소리가 되돌아온다.

"아키라?"

아키라가 전화할 줄은 몰랐다.

『일어났어?』

"아, 벌써 시간이 그렇게……."

방에 있는 시계를 보니 항상 전화를 거는 시각이 훌쩍 지났다.

『모닝콜이 없길래. 웬일로 늦잠이라도 잔 거야?』

"이제 스스로 일어날 수 있으니까 난 역할이 끝났네."

『오늘은 어쩌다 보니. 네가 임무를 소홀히 해서 불평하려고 전화했지.』

"미안."

『……니시키? 이상한데? 어디 아파?』

"감기 걸린 것 같아. 힘드니까 오늘은 학교 쉴래."

역시 이런 상태로는 등교를 못 할 것 같았다.

무리했다가 눈앞에 서 있는 선생님께 감기라도 옮기면 큰일이다.

"미안한데, 텐조 선생님께 쉰다고 전해 줄래?"

아키라에게 부탁하는 게 미안했지만, 지금 의지할 수 있는 사람이 아키라뿐이었다.

『그건 알겠는데.』

"고마워."

아키라가 흔쾌히 승낙해 줘서 안도했다.

바로 어제 그런 일이 있었던 터라 텐조 선생님께 메시지를 보내는 건 나로서도 심히 괴로웠다.

그저 노골적으로 심술을 부리는 거라고 생각할 것이다.

그건 죄송했다.

『정말 괜찮아?』

"다정하네. 항상 그렇게 대해 주면 좋을 텐데."

『쓸데없는 소리 말고 얌전히 쉬고 있어. 부모님은 아셔?』

"아니, 혼자 사니까 그런 건 상관없어."

『뭐? 진짜야……?』

아키라가 갑자기 침묵했다.

"아키라?"

『간호하러 갈까?』

너무나도 뜻밖의 말이라 열 때문에 잘못 들은 줄 알았다.

"너 착한 애였구나?"

『사람이 아프다는데 걱정하지, 안 하나?』

"감기 같은 건 한숨 자면 나아. 난 됐으니까 지각하지 말고
학교나 가."

『힘들면 얘기해 먹을 거라도 사 갈게.』

"걱정해 주는 것만으로도 충분해. 고마워."

말하다가 지친 나는 곧 잠에 빠졌다.

기운이 없어 잠들었다가 화장실에 갔다가 물을 마시고 또
잠에 들길 몇 번이나 반복했다.

열 때문에 일어난 후에도 피로가 풀리지 않았다.

선잠을 잔 탓에 꿈인지 생신지 분명치 않았다.

하지만 이곳에 있을 리 없는 인물이 나타났을 때만큼은 꿈
이라는 걸 알았다.

그리고 이제는 바꿀 수도 없는 과거의 일이다.

잊으려 해도 잊을 수가 없었다.

내가 혼자가 되고, 자취 생활을 선택한 이유.

어머니의 재혼으로 새 가족이 된 귀여운 소녀는 내 품에 안

겨 울면서 외쳤다.

『유 군과는 남매가 되고 싶지 않아.』

혈연관계가 아닌 소년과 소녀는 한 지붕 아래서 평범한 오빠와 여동생이 될 터였다.

하지만 가족이 되어 만난 여동생은 나와 타인으로 남아 있길 원했다.

그 솔직한 마음에 부응할 수 있었더라면 얼마나 좋았을까.

그 아이는 누가 보아도 예쁜 소녀였고, 나도 물론 예뻐했다.

소중한 아이니까 곤란한 상황이라면 도와주는 게 당연했다.

적어도 나는 그렇게 생각했다.

여동생이 품은 호의는 나의 가족애와는 다른, 이성을 사랑하는 감정에 가까웠다.

그 마음을 알게 된 이상 나는 그 아이와 함께 지낼 수 없었다.

모처럼 행복을 찾은 엄마에게도 피해를 주게 되니까…….

그래서 나는 가족에게서 멀어진 것이다.

꿈에서 깨어나 내 자취방의 천장을 바라보았다.

열은 여전히 떨어지지 않았다.

혼자 살기로 결심했을 때부터 건강 관리에 신경을 많이 썼다.

지금처럼 막상 몸 상태가 나빠지면 혼자 사는 외로움을 통감했다.

왠지 고독감이 공연히 강해져서 약해진 심신을 견뎌 내는 수밖에 없었다.

"……."

머리맡에 둔 페트병에 손을 뻗었다. 사 놓은 것이 없어서 낮에 일어났을 때 힘겹게 밖으로 나가 근처 자동판매기에서 스포츠 드링크만 사 왔다.

냉장고에는 먹을 만한 게 남아 있지 않았다. 부엌에 설 기력도 없어서 결국 수분만으로 지금까지 버텼다.

손에 닿은 페트병이 가벼운 소리를 내며 바닥으로 떨어졌다.

아무래도 다 마셨던 걸 깜박한 모양이다.

여긴 목소리를 높여도 마실 것을 가져와 줄 사람이 없었다.

냉장고까지 가서 새 음료를 가져올 기력도 생기지 않았다.

어쩔 수 없이 억지로 잠을 청하려고 눈을 감았다.

"목마른가 보지? 지금 물 줄게."

환청이 들렸다.

있을 리 없는 여인의 목소리였다.

"입은 벌릴 수 있겠어? 그렇지. 페트병을 기울일게."

시키는 대로 했더니 입으로 차가운 액체가 천천히 흘러 들어왔다. 온몸에 수분이 스며드는 기분 좋은 감각.

"더 마실래?"

"괜찮아요."

질문에 촉촉이 젖은 목소리로 대답했다.

"다행이다. 더 마시고 싶으면 말해, 유나기 군."

"……어? 선생님?"

눈을 몇 차례 깜박였더니, 텐조 선생님의 얼굴이 가까운 곳에 있었다.

온종일 침대에서 잤더니 시간 감각이 모호했다.

커튼 사이로 쏟아지는 빛이 아직 저녁 무렵인 것을 알려 주었다.

하지만 평일 이 시간대에 내 자취방에 텐조 선생님이 있을리 없었다.

다시 말해 이건—.

"아직 꿈인가."

"현실이야. 몸은 좀 어때? 열은 어느 정도야? 체온계는 어디있니?"

통통 튄다. 말하는 방식도 학교에서 진지한 이야기를 할 때의 텐조 선생님이었다. 그랬기에 묘하게 현실미가 떨어졌다.

"……없어요."

나는 묻는 말에 대답했다.

"그럼 열 좀 잴게."

텐조 선생님이 내 이마에 손을 댔다.

차가운 손바닥이 닿자, 기분이 좋았다. 열이 올라 멍해진 의식을 선명하게 만들어 주었다.

"아, 진짜다."

텐조 선생님은 침대 옆에 무릎을 꿇고 있었다.

"열이 있으니까 무리해서 말할 필요 없어."

"아직 학교에 있을 시간이잖아요?"

평소였다면 텐조 선생님은 수영 지도에 힘쏠 시간이었다.

"수영부에 연습 메뉴를 먼저 전달하고 다른 선생님께 부탁했어."

"하지만 어떻게 들어오셨어요?"

"문이 열려 있더라고. 그러면 안 되는 줄 알지만 멋대로 들어왔어."

텐조 선생님은 별일 아니라는 듯 선뜻 대답한다.

아, 낮에 자동판매기에 갔다가 돌아왔을 때 잠그는 걸 깜박한 모양이었다.

"왜 오셨어요?"

"네가 걱정돼서 간호하러 왔지. 그뿐이야."

"저라면 어색해서 못 왔을 거예요."

열이 있어서 그런지 생각이 입을 통해 곧장 나와 버렸다.

"이웃 협정 제2조 「난처한 상황이 발생했을 때는 주저하지 말고 상대에게 도움을 요청함」 그렇게 정했었잖아."

텐조 선생님이 담담하게 말했다.

"……제가 선 넘는 짓을 해서 파기하셨을 거라고 생각했어요."

"어떻게 그런 짓을 하겠어. 네가 없으면 나야말로 죽게 생겼는데."

"거짓말 마세요."

텐조 선생님의 농담을 웃으며 받아치려고 했으나 잘되지 않았다.

텐조 선생님은 살짝 삐뚤어져 있던 이불을 바로 덮어 주셨다. 그리고 쥐어짠 듯한 절실한 목소리로 밝혔다.

"이웃 협정을 파기해도 난 혼자서 살아갈 수 있어. 그건 너도 마찬가지일 거라고 생각해. 하지만 난 지금이 훨씬 행복하다는 걸 알아. 그건 단순히 네가 식사를 챙겨 줘서라든가 자유 시간이 늘었다든가 하는 표면적인 얘기가 아니야. 바빠도 걱정돼 죽을 것 같은 사람이 있는 일상은 꽤 나쁘지 않다는 걸, 너라는 이웃이 가르쳐 줬어. 그러니까 민폐라고 생각하지 말고 나한테 의지해. 유나기 군."

"텐조 씨, 감기에 걸려서 죄송해요. 도와주시면 감사하겠어요."

나는 텐조 선생님 앞에서 내가 약해진 상태라는 걸 인정했다.

"사과할 필요 전혀 없어. 게다가 어제는 나야말로 미안해! 용서해 줄래?"

"아플 때 달려와 준 텐조 씨가 저한텐 여신으로 보여요. 또 반했어요."

"어제 있었던 일은 이걸로 끝! 환자는 이제 자!"

텐조 선생님은 속사포로 쏟아 내더니 침대 옆에서 일어선다.

"네가 어제 두고 간 식재료는 냉장고에 넣어 놨어. 그리고 먹을 걸 만들 테니까 부엌 좀 쓸게."

"직접 하신다고요?"

"이럴 땐 얌전히 받아먹으면 돼."

그 어른스러운 태도에는 힘이 들어가 있지도 않았고, 강압적이지도 않았으며 자연스러웠다.

"감사해요."

"신경 쓰지 말고 푹 쉬어. 다 만들었을 때 깨우면 되겠지?"

"네. 아침부터 물만 마셔서 배고파요."

"죽이면 될까?"

"식욕은 있으니까, 우동이나 좀 더 씹을 수 있는 거면 좋겠어요."

나도 지금 원하는 걸 말했다.

"오케이. 그럼 빨리 만들어 줄게."

텐조 선생님은 미소를 띠면서 부엌으로 향했다.

집에 누군가가 있다는 안정감에 몸에서 힘이 쭉 빠졌다.

부엌에서 들려오는 요리 소리에 신기하게도 마음이 편안해졌다. 나는 수돗물을 사용하는 소리나 식칼의 기분 좋은 소리를 배경 음악 삼아 평온하게 눈꺼풀을 닫았다.

텐조 선생님은 요리를 아주 잘하셨다.

본인이 했던 말처럼 너무 바빠서 집안일을 할 시간이 없을 뿐이지 능숙하셨다.

재료가 듬뿍 들어간 우동은 면을 푹 삶은 덕분에 먹기 쉬웠고, 재료의 감칠맛과 진하게 우려낸 국물은 속이 편해지는 맛이었다. 자는 동안 땀을 많이 흘린 탓에 짭조름한 그 맛이 입에 착 감겼다.

　"맛이 어때?"

　"맛있어요."

　"다행이다. 얼른 건강해지지 않으면 나도 불안하거든."

　"텐조 씨의 요리로 다시 살아났어요."

　정신없이 먹으며 빵빵하게 배를 채울 정도로 만족스러운 식사였다.

　식후에 감기약을 먹으니 이제야 좀 살 것 같았다.

　"먹고 나니까 또 땀이 나지? 따뜻한 수건 줄까?"

　"조금 나아진 것 같으니 샤워할게요."

　"욕실에서 쓰러지지 않겠어?"

　"욕조엔 들어가지 않을 거라 괜찮아요."

　텐조 선생님 덕분에 낮보다 시야가 깨끗해져서 똑바로 걸을 수 있게 됐다.

　"혼자 씻을 수 있겠어?"

　"애가 아니니까 걱정하지 마세요."

　"아냐, 잠깐만 기다려!"

　그렇게 말한 텐조 선생님은 어째서인지 서둘러 본인 집으로 돌아갔다.

"……?"

음식을 먹은 덕분에 다소 기운을 차렸지만 땀을 깨끗이 씻고 자고 싶었다.

샤워만 하면 되는 데 기다릴 필요가 있겠나 싶어서 나는 욕실로 들어갔다.

물이 따뜻해서 기분이 좋았다. 그대로 멍하니 샤워하는 동안 하얀 수증기가 욕실을 가득 채웠다.

찰카닥하고 욕실 문이 열리는 소리가 났다.

머리가 뜨거워서 잘못 들은 줄 알고 무시한 채 몸을 씻으려고 했다.

"아, 먼저 들어가 버렸네. 기다리라고 했잖아."

"헉, 텐조 씨?! 문을 왜 열어요?!"

갑자기 벌어진 일에 뒤를 돌아보니— **알몸과 다름없는** 텐조 선생님이 서 계셨다.

나는 완전히 굳어 버렸다.

"등 밀어 줄게."

텐조 선생님은 태연한 모습이었다.

긴 머리카락이 젖지 않도록 뒤로 묶고, 가슴 아래쪽을 가리려는 듯 목욕 수건을 둘렀다. 손에 작은 수건도 들고 있었다.

그 모습은 어깨와 쇄골만 드러났다고는 해도 사춘기 남자에게는 알몸과 별반 차이가 없었다.

"네에~?!"

목소리 내는 게 힘겨운데도 큰 소리가 나와 버렸다.

"어제 일을 사과하는 거라고 생각해 줘."

"식사를 챙겨 주신 것만으로도 충분하다고요!"

"내가 미안해서 그래."

내가 동요하든 말든 깡그리 무시하고 텐조 선생님은 욕실로 들어오셨다.

"됐으니까 나가시라고요?!"

"아프니까 사양하지 마."

"감기가 아니라도 아웃이에요!"

"뭐가?"

텐조 선생님은 정말 모르겠다는 듯 고개를 갸웃거렸다.

"아무튼 안 돼요!"

나는 텐조 선생님을 똑바로 바라보지 못한 채 벽에 착 달라붙듯 등을 돌렸다.

"안 된다니 어떤 부분이?"

"그 모습이 안 된다니까요!"

샤워 물줄기 소리에 지워져 텐조 선생님이 다가오는 걸 몰랐다.

"—홀랑 벗은 것도 아닌데?"

뒤에서 귓전에 대고 속삭이는 달콤한 유혹.

꿀꺽, 침을 삼켰다.

등줄기에 전기가 흐르는 것처럼 찌릿찌릿했다. 이성의 브레이크는 당장에라도 망가질 것만 같았다.

기대와 당황이 뒤섞인 찰나의 침묵을 선생님은 예스로 받아들이신 걸까.

"빨리 기운을 차렸으면 하니까 너한테만 특별히 해 주는 거야."

"텐조 씨, 스톱!"

멈추게 하려고 욕을 먹을 각오하고 뒤를 돌았다.

"짠!"

텐조 선생님은 손으로 잡고 있던 목욕 수건을 힘차게 놔 버렸다.

"……수영복을 입고 계셨네요."

수건 아래에 실오라기 하나 걸치지 않은 것은 아니었다.

텐조 선생님은 경영 수영복을 입고 있었다.

나는 그 수영복을 본 적 있었다. B 사건 때 세면장에 널려 있던 그 녀석이었다.

냉정함을 되찾은 탓에 똑똑히 눈에 들어왔다.

자세히 보니 어깨끈은 목욕 수건을 둘렀을 때 보였을 텐데 당황한 나머지 눈치채지 못했다.

"젖어도 괜찮은 건 수영복 하나뿐이니까."

"안 괜찮아요!"

시각적인 임팩트가 너무 강해서 열도 싹 내려갈 것만 같았다.

텐조 선생님은 순전히 목욕을 도울 요량으로 선택한 모양이었다.

텐조 선생님의 적극성은 실로 대단했다.

"아직 다 낫지도 않았는데 너무 크게 말하지 마."

"어떤 분이 자극적인 걸 입으셔서요."

"수영복은 수영복이잖아. 알몸이 아니니까 괜찮지."

수영부 고문은 당당한 태도로 수영복을 입은 아름다운 자태를 아낌없이 선보였다.

평소에 자주 입는 데다가 본인도 몸매에 자신이 있어서 그런지 수영복 차림은 수치심이 덜한 것 같았다.

하지만 남고생에게 수영복 차림은 거의 알몸이나 다름없었다.

경영 수영복은 오히려 기능성이 중시된 만큼, 몸에 딱 달라붙기 때문에 신체 라인이 도드라진다.

욕실에 꽉 찬 열기로 빨개진 볼, 꽉 끼어 보이는 터질 듯한 왕가슴에 맺힌 땀이 가슴골의 곡선을 따라 흘렀다. 다리를 쉽게 움직일 수 있도록 한 하이 레그(high leg) 스타일은 하반신을 사타구니까지 드러냈다.

존재하는 모든 것이 섹시해서 어딜 봐야 좋을지 모르겠다.

하지만 시선을 빼앗기고 말았다.

옷을 입었을 때도 몸매가 좋다는 건 알고 있었지만 설마 이 정도일 줄이야.

나는 할 말을 잃은 채 넋 놓고 쳐다보았다.

샤워 물줄기 소리만이 욕실에 울려 퍼졌다.

"유나기 군, 너무 쳐다보는 거 아니야?"

"……?! 죄, 죄송해요."

나는 고개를 돌리고 스스로가 전라임을 떠올렸다.

그리고 생리적인 반응에 따라 몸의 일부가 긴급 사태라는 것을 눈치챘다.

나는 급히 목욕 의자에 앉아 몸을 둥글게 말았다.

"자, 그대로 있어. 씻겨 줄게. 일단 머리부터 감아야겠지?"

텐조 선생님은 그리 말씀하시며 도와주셨다.

텐조 선생님은 할 일을 끝낼 때까지 나갈 생각이 없다는 걸 깨달았다.

나는 거역할 기력도 없어서 포기한 채 무념무상으로 얌전히 있기로 했다.

텐조 선생님은 내 등 뒤에서 무릎을 꿇은 자세로 내 머리카락에 물을 적시더니 풍성하게 거품을 냈다. 두피 마사지를 해 주는 손길은 솔직히 기분 좋다.

"가려운 덴 없어?"

"딱 좋아요."

"목소리가 굳었는데."

"그런가요?"

"화났어? 난 그냥 개운하게 해 주고 싶었는데."

"저한텐 시련의 시간이거든요?"

천국과 지옥이 어깨동무를 하고 찾아왔다.

어젯밤 침대에 쓰러졌을 때보다 훨씬 위험한 상황이었지만, 텐조 선생님은 내가 아픈 틈을 타서 태도를 확 바꾸어 태연하기 짝이 없었다.

"난 솔직히 좀 재밌어."

동요하는 내가 재밌는지 거울에 비친 텐조 선생님이 장난꾸러기 같은 표정을 짓고 있었다.

"혼자만 재밌고. 치사하게."

"마치 내가 괴롭히고 있다는 것처럼 들리는데?"

"저는 반쯤 죽은 상태라서요."

"아하하. 이제 머리를 헹궈서 개운하게 해 줄게."

텐조 선생님은 남의 기분도 모르고 웃으면서 얼버무렸다가 이내 샤워기를 틀어 거품을 씻어 주셨다.

나는 얼굴의 물기를 닦고 머리를 쓸어 올린 후, 현재 이미지를 솔직히 전달했다.

"말해 두겠지만, 수영복이 전라보다 야하게 느껴질 가능성이 있어요."

"유나기 군, 수영복 페티시즘이야?!"

"아니라고요."

"수영복은 바다나 수영장에 가면 얼마든지 볼 수 있잖아. 일일이 반응하면 큰일이지."

"그야 그렇지만, 남자를 너무 쉽게 생각하시는 것 같아요."

텐조 선생님은 말을 이어 가시면서 스펀지에 보디 워시(body wash)를 묻혀 내 등을 씻어 주셨다. 어깨에서 팔까지 한 방에 쭉.

그러더니 쇄골 근처에서 텐조 선생님의 손이 딱 멈췄다.

"미안한데 앞쪽은 스스로 해."

"오히려 앞쪽은 절대 보지 마세요."

"어째서?"

이 타이밍에 그걸 묻는다고? 텐조 선생님의 순진함이 묻어나는 질문이었다.

"지금만큼은 제가 남자란 걸 절대 숨길 수 없거든요."

"응? —뭐어?! 감기에 걸렸는데?"

이 사람은 내가 감기에 걸린 상태라 마음을 놓고 있었던 건가?!

그야 호랑이 굴에 제 발로 들어가는 것처럼 수영복을 입고 욕실로 들어오는 사람이니 말 다 했지, 뭐.

대가를 바라지 않는 선의일까 아니면 무지함에서 오는 대담함일까.

이 사람은 완전히 망각하고 있다.

아무리 교사와 학생이라지만 남녀라는 사실만큼은 절대 달라지지 않는다.

"선생님이 오신 덕분에 팔팔해졌어요."

"그러니?!"

나는 스펀지를 받기 전에 텐조 선생님의 손목을 붙들었다.

그대로 확 잡아끌어 얼굴 가까이에서 확실하게 예고했다.

"이 상황, 제가 감기에 걸리지 않았더라면 절대 참을 수 없으니까요."

"와, 눈빛이 야수네, 야수야."

"선생님이 매력적이라 그래요."

"나, 연상인데?"

"나이가 무슨 상관이에요. 그땐 각오하세요."

앙갚음하는 뜻에서 살짝 세게 말했다.

텐조 선생님은 그제야 자신의 경솔함을 자각하고 얼굴이 빨개졌다.

텐조 선생님의 이때 표정을 난 잊지 못한다.

장난기 가득하던 텐조 선생님의 얼굴은 수줍음으로 물들더니 지금부터 남녀의 애정 행각이 펼쳐질 수도 있다는 것을 의식한 표정을 짓고 있었다.

밀실에 벌거벗은 것과 다름없는 남녀가 가까운 거리에 있다.

우리는 아슬아슬한 단계에서 억제하고 있을 뿐이었다.

"나, 더워서 먼저 나갈게."

텐조 선생님은 일어서더니 욕실을 뛰쳐나갔다.

욕실에서 나와 새 잠옷으로 갈아입고 방으로 돌아가자 텐조 선생님은 아직 남아 계셨다.

선생님도 예전에 봤던 실내복으로 갈아입고서 카펫 위에 무릎을 끌어안고 앉아 계셨다.

무릎을 끌어안은 모습은 마치 몸을 지키려고 움츠러든 것처럼 보였다.

그나저나 텐조 선생님은 여기서 갈아입은 걸까? 나의 생활 공간에서 선생님은 알몸이 되신 건가?

"……."

안 돼, 욕실에서 수영복 입은 걸 본 후라서 나체에 대한 해상도가 확연히 높아진 상태다.

못된 망상이 시동을 걸어 버렸다.

애당초 욕실에서 그리고 있다 나와서 상당히 멋쩍었다.

"상쾌해? 속이 메스껍거나 그러진 않고? 수분 보충 좀 해."

텐조 선생님이 주뼛주뼛 말을 걸었다.

"도망가지 않으셨네요."

"—윽, 환자를 두고 어떻게 그냥 가."

반쯤 심술이 난 듯한 말투였다.

"덕분에 좋아졌어요. 약도 효과가 있는지 아픈 것도 덜하고 요. 감사해요."

나는 냉장고를 열어 스포츠 드링크로 목을 축이면서 못 보던 보존 용기를 발견했다. 갈색의 무언가가 가득 들어 있는 사이즈가 큰 용기다.

"이거 텐조 씨가 넣어 두신 거예요?"

"고기 감자조림이야. 만든 거라 일단 가져왔어."

선생님이 수줍게 인정했다.

"……텐조 씨, 어제부터 화해할 타이밍을 찾고 계셨네요."

"슈퍼에서 했던 약속을 지키고 싶었어!"

"바로 먹어 볼게요."

나는 뚜껑을 열어 손가락으로 바로 집었다.

"오—. 간이 잘 배어서 맛있어요. 텐조 씨는 요리를 잘하시네요."

"이 녀석, 예의 없게 먹지 마! 환자는 몸이 식기 전에 얼른 자도록 해."

선생님은 침대를 팡팡 두드리며 취침을 재촉했다.

"그럼 나머진 내일 먹을게요."

"식욕도 있고, 낯빛도 좋아 보이니까 내일이면 회복될 것 같아. 하지만 혹시 모르니까 학교는 쉬어. 알겠지?"

"그렇게 할게요."

방에 불이 꺼지고 간접 조명만 은은했다.

내가 침대로 들어갈 때까지 텐조 선생님은 우뚝 서서 감시했다.

"텐조 씨. 월요일이니까 이만 가셔도 돼요."

"아직 9시 전이니까 평소보다 여유가 있어. 잠드는 데 방해가 된다면 갈게."

"낮에 너무 많이 자서 저는 상관없어요."

"그럼 좀 더 있을게."

텐조 선생님도 침대에 기대듯 바닥에 앉았다.

옆을 돌아보면 바로 근처에 텐조 선생님의 아름다운 얼굴이 있었다.

"너무 가까우면 감기 옮아요."

"남에게 옮기는 게 빨리 나을지도 몰라."

"선생님이 쓰러지시면 의미가 없죠."

"그것도 그렇지만 아깐 더 가까웠어."

텐조 선생님은 혼잣말하듯 말했다.

"여자들의 친근한 반응이나 천진난만한 접근은 남자들에게 흉기예요. 쉽게 좋아하게 되고, 혼자 들떠서 착각하죠. 특히 마음에 두고 있는 사람이라면."

나는 천장을 올려다보았다.

"……있잖아, 유나기 군이 마음에 두고 있는 사람은 누구야?"

텐조 선생님은 신중한 목소리로 물었다.

"옆집에 사는 사회인이죠. 뭐든 열심히 하고 도저히 그냥 내버려둘 수 없는 사람이에요."

"연상이 좋다니 너도 참 특이하다."

텐조 선생님의 목소리는 희미하게 떨렸다.

"마음에 둔 사람이 우연히 연상이었을 뿐이에요."

"동급생이 훨씬 사귀기 쉬운데."

"게다가 사회적 통념으로는 연인이 되면 안 되는 입장의 사람이죠."

"시, 시간 낭비일지도 몰라."

"괜찮아요. 지금 이대로도 좋다고 생각할 만큼 소중한 사람이니까. 전 그 사람이 오케이 해 줄 때까지 기다릴 거예요."

현상 유지라는 선택.

사람들이 볼 땐 불합리한 선택일지 몰라도 나에겐 정답이다.

나는 내 의지로 그것을 선택했다.

앞서가지 않을 용기, 물러서지 않을 각오, 초조해하지 않을 인내.

지금처럼 옆에 있는 거리감을 소중히 여기고 싶다.

"텐조 씨, 이웃 협정에 추가하고 싶은 규칙이 한 가지 있어요."

나는 몸을 일으켜 계속 생각해 왔던 것을 꺼냈다.

"뭔데?"

얼굴을 옆으로 돌리자 텐조 선생님은 긴장한 표정으로 다음 말을 기다렸다.

"유효 기간을 정하고 싶어요."

"그게 언젠데?"

텐조 선생님은 조심스럽게 확인했다.

"제가 졸업할 때까지요."

"뭐? 하지만 그 말은……."

"텐조 씨. 그냥 이사 가지 마세요. 앞으로도 지금처럼 제 이웃으로 있어 주시면 좋겠어요."

나의 본심을 밝혔다.

별문제 아니다. 나도 지금 이 관계성 자체가 좋다.

이 사람과 공유하는 시간을 놓아 버리고 싶지 않다.

"그렇게 하고 싶지만 만약에⋯⋯."

"텐조 씨의 지금 상황이 위험하다는 건 알아요."

"그건 내가 교사라서 그런 거니까 네가 신경 쓸 일이 아니야."

"하지만 옆집 누나는 이렇게 말했죠.「곤란한 일이 생기면 사양하지 말고 나한테 얘기해. 반드시 널 도와줄게」라고요. 전 이렇게 도움이 필요한 사람이라고요."

나는 스스로의 연약함을 솔직하게 인정했다.

그리고 텐조 선생님의 개인사도 함께 나누고 싶다.

교사라는 입장과 이웃 주민으로서의 공동생활, 텐조 선생님의 개인적인 감정을.

한 인간의 마음속에 여러 생각이 복잡하게 얽히고설켜 무 자르듯 자를 수 없기에 최종적인 결단을 내리기 어렵다.

─얼마나 난처한지 나도 뼈저릴 만큼 잘 안다.

개인적인 마음을 억누르고 오빠로서의 입장을 버릴 수 없어서 가족의 평화를 우선했다.

그 결과로 나는 가족에게서 떨어져 혼자 사는 삶을 선택했다.

"물론 말했었지. 그래서 오늘도 온 거야."

"우리의 비밀은 졸업 때까지 반드시 지킬 거예요. 그러면 이사하지 않으셔도 되는 거죠?"

이사는 어디까지나 예방 차원이다. 떨어져 지내는 편이 안심은 되지만 필수는 아니다.

잠시 뜸을 들인 텐조 선생님은 나지막이 읊조렸다.

"그럼 넌 졸업할 때까지 다른 여자와 사귀지 않겠다고 약속할 수 있어?"

텐조 선생님은 결코 내 쪽을 쳐다보려고 하지 않았다.

그 대신 나는 침대 위에 있던 텐조 선생님의 손을 잡았다.

텐조 선생님의 보드랍고 하얀 손은 살짝 떨렸지만, 거부하진 않았다.

"영원한 사랑을 증명하기 위해서라면 졸업 때까지 참을게요."

텐조 선생님은 얼굴을 들었다.

"귀한 청춘을 낭비하려고 하다니."

텐조 선생님은 금방이라도 울 것만 같았다.

"제가 가장 원하는 건 텐조 씨와 청춘을 함께 보내는 거니까요."

"후회 안 해?"

"어른보다 자유 시간이 많다는 게 학생의 장점이죠. 그래서 저, 니시키 유나기는 가장 좋아하는 것에 시간을 쏟을래요."

"바보."

텐조 선생님이 작게 중얼거렸다.

"그러니까 텐조 씨도 확실히 지켜 주실 거죠?"

"그야, 이웃 협정은 우리 둘이 공유하는 규칙이니까."

"어떨까나. 선생님이야말로 미인이라 인기가 많아서 저는 좀 걱정되네요. 분명 여러 남자가 노리고 있을 텐데."

손발이 오그라들 만큼 어색한 연기다. 내가 생각해도 발 연기 배우도 이것보단 낫겠다.

"그건 내가 할 소리거든!"

텐조 선생님은 정색하며 따지셨다.

"저한테 걱정할 만한 요소가 있어요?"

텐조 선생님은 잡고 있던 손을 꽉 쥐었다. 아플 정도로.

"엄청 많거든! 너도 나처럼 주변에 친한 친구가 없는 게 비슷하다고 생각했었는데 모르는 사이에 우리 반 쿨 미소녀랑 친해져서 아침마다 모닝콜을 해 줬잖아. 여자랑 너무 빨리 친해지는 거 아니야?! 난봉꾼은 아닌지 의심되지 않겠어? 더군다나 감기에 걸린 주제에 그 아이한테 전언을 부탁하다니. 대체 무슨 생각으로 그랬어!"

텐조 선생님이 쌓이고 쌓인 불만을 단숨에 쏟아붙였다.

"옳거니. 그래서 걱정 반 질투 반으로 오신 거네요."

"아니거든! 정확히는 8 대 2야!"

굳이 그렇게 정확할 필요는 없는데.

어? 내가 생각했던 것보다 나는 훨씬 소중한 존재인 건가?

"20퍼센트라도 욕실에 수영복 차림으로 들어오시는 걸 보니 절 되게 아끼시나 봐요."

나는 어금니를 필사적으로 깨물면서 입꼬리가 올라가려는 걸 참았다.

"우쭐해하지 마! 피, 필요해서 그런 거야."

"그렇지만 수영복은 너무 야해요. 그 커다란 가슴은 주물러 보고 싶고, 엉덩이도 훤히 보이잖아요."

나는 남자의 흑심을 숨김없이 드러냈다.

"너무 노골적인 거 아니야?!"

텐조 선생님은 침대에 기대고 있던 몸을 일으켜 앞가슴을 다른 쪽 팔로 가렸다.

"연인끼리는 차라리 알몸으로 장난치는 게 더 편하죠. 그 정도로 긴장했어요."

"그렇게나?!"

텐조 선생님은 본인의 경솔함을 깨닫고 얼굴이 뜨거워지는 모양이다.

"선생님을 소중히 하고 싶은 마음만큼이나 충동이 이끄는 대로 덮치고 싶을 때도 있어요."

이 사람은 남자 마음이나 생물학적 습성을 너무 모른다.

나는 잡은 손을 놓지 않았다.

"육식 동물 앞에서 고기를 슬쩍 보여 주는 기분이야."

"잘 들으세요. 설령 백마 탄 왕자님이라고 해도 성욕은 다 있어요."

현실 연애는 동경이나 아름다운 일들로만 채워지지 않는다.

하지만 그것이야말로 사람과 사람이 깊은 관계로 발전하는 묘미이리라.

"누가 널 백마 탄 왕자님이라고 생각한대?"

"그 정도로 나르시시스트는 아니에요. 그럴 처지도 못 되고."

멋쩍음을 감추려는 게 너무 티 나서 나도 쓴웃음 짓고 만다.

텐조 선생님은 외모는 천상계 미녀인데 속은 천상 소녀 같은 사람이다.

"그냥 말장난이야!"

내가 마음에 둔 여성은 화를 내도 매력적이다.

미인이라서 마음을 빼앗긴 게 아니다. 몸매가 예술이라서 안고 싶은 게 아니다.

그저 이 사람이 가진 수많은 표정을 계속 보고 싶었다.

"장난이 심했네요. 텐조 씨가 안심하실 수 있게 저도 야한 짓은 최대한 참을게요."

"뭐? 하지만 남자들은 그런 거 참기 힘들잖아……."

텐조 선생님은 얼굴을 빨갛게 물들이며 조심스럽게 확인했다.

"그럼 가능한 한 참을게요."

"뭐가 다른지 잘 모르겠는데?"

"옆에서 하룻밤 같이 자도 문제없을 정도죠."

"안심해도 될까?"

회의적인 시선이 따갑다.

"괜히 자극만 안 하시면 아마도요."

"이럴 땐 남자답게 단언해야지!"

"기대에 부응하지 못해 죄송해요."

"포기가 너무 빠른 거 아니야?!"

"남자의 성욕은 제어가 불가능한 괴물이라서요."

"……그건 고작 수영복에 그 정도로 반응하는 걸 보면 알겠어. 생리적인 걸 참는 건 괴로울 것 같고 나도 가능한 범위 안에서는 양보할게."

수줍어하면서도 아주 싫진 않은 것 같은 표정.

그런 표정도 지을 줄 알아요? 큐티 섹시잖아요.

위험해. 보고만 있어도 흥분된다.

왜 하필이면 이럴 때 이 몸뚱이는 온전치 않은 걸까.

"텐조 씨, 완전 여신. 언질을 주신 거예요. 저, 꼭 기억할 거예요!"

"이 녀석, 환자 주제에 흥분하지 마! 지조라곤 전혀 없잖아!"

꾸중하시면서도 내 손을 놓지 않는다.

"죄송해요, 이해심이 바다 같으셔서 최고예요."

"아―. 괜한 소릴 한 것 같은데."

"후회해도 늦었어요."

"나도 알아. 여자는 두말 안 해."

텐조 선생님은 어쩔 수 없이 받아들이면서도 한숨을 쉬었다. 갈등하는 모습도 사랑스럽다.

"망설일 거면 조건을 좀 더 느슨하게 풀까요?"

"구체적으로 어떻게?"

나는 가장 평화적인 해결책을 제시했다.

"법률의 범위 안에서 남몰래 건전하게 사귀는 거 어때요?"

나는 그 아름다운 얼굴을 바라보았다.

눈이 부셔서 올려다보기만 했던 존재는 지금 이렇게 내 옆에 있다.

그 사실이 기뻐 자연스럽게 미소가 지어졌다.

텐조 선생님도 비슷한 느낌을 받은 것 같았다.

그리고 더는 참지 못하고 폭로했다.

"안 돼! 그런 행동을 하면 난 브레이크가 고장 나 버릴 거야!"

"네? 그 뜻은…….."

"됐으니까 얼른 자!"

텐조 선생님은 손을 흔들어 풀었지만, 결코 곁을 떠나지는 않았다.

"곤란해지면 그런 식으로 늘 도망치려고 하시네요."

나는 웃을 수밖에 없었다. 처음 딸기를 나눠 주러 오셨을 때랑 똑같다.

지적받은 텐조 선생님은 분하신지 몸이 뻣뻣해졌다.

"아무튼, 이사는 안 갈래! 그것 말고는 전부 보류! 불평하지
마!"

"최고의 특효약이에요. 이제 안심하고 푹 잘 수 있겠어요."
아—. 다행이다. 나는 침대에 다시 누웠다.
"네가 잠들 때까지 계속 감시할 거야."
"신경 쓰여서 진정이 안 되는데요."
"눈을 감고 있으면 어느새 잠이 들 거야. 난 신경 쓰지 마."
"그건 무리죠."
"무리여도 참아."
"그러면 누가 오래 버티나 겨룬다고 생각할게요. 안녕히 주
무세요."
"잘 자. 좋은 꿈 꿔."
센 척해 봤지만, 여러모로 한계다.
좋아하는 사람이 가까이에 있어 마음이 안정된 나는 순식간
에 잠에 빠져들었다.

니시키 유나기와 텐조 레이유의 이웃 협정에 이하의 항목을
추가한다.
제6조, 졸업 때까지 각자 연인은 만들지 않는다.

에필로그 눈부신 아침 햇살 속에서

이튿날 아침, 평소와 다른 스마트폰에서 울리는 소리에 눈을 떴다.

나는 머리맡에서 울리는 스마트폰을 더듬거리며 찾은 후, 잠이 덜 깬 머리로 화면도 보지 않고 터치했다.

스마트폰 소리가 멈춘다.

"후아—. 슬슬 일어나자."

침대 안에서 몸을 쫙 폈다. 하지만 손과 발을 뻗기 전에 옆에 있는 뭔가에 부딪쳤다.

"아얏……."

내 손이 부딪치자, 나 말고 다른 목소리가 들렸다.

"어라?"

나는 목을 돌려 옆을 보았다.

같은 침대 안에 있는 다른 한 명. 몸이 들썩거리더니 얼굴이 이쪽을 향한다.

니시키 유나기 군의 잠든 얼굴이 가까운 거리에 있었다.

"……?! 말도 안 돼, 왜?"

나는 소리치며 몸을 일으켰다.

방을 둘러보고 이곳이 유나기 군의 자취방이라는 것을 깨달았다.

머리맡에 있는 간접 조명은 어젯밤부터 계속 불을 밝히고 있었나 보다.

그리고 싱글 침대에 둘이 나란히 자고 있었다.

내 복장은 어제와 마찬가지다.

나는 즉시 상황 파악에 들어갔다.

어젯밤, 침대 옆에서 유나기 군이 잠에 드는 것을 지켜본 후 집으로 돌아갈 생각이었다. 하지만 그대로 숙면. 그리고 밤중에 잠이 깬 나는 늘 그랬듯 비몽사몽인 상태로 침대 안으로 기어들어 갔다.

그리고 유나기 군의 방에서 또다시 아침을 맞이했다.

사고쳤다아아아아아아~~~~!!!!

설마 똑같은 실수를 또 저지를 줄이야?!

게다가 이번에는 유나기 군과 같은 침대에서 하룻밤을 보내고 말았다.

남자랑 같이 자 버렸다.

어제 있었던 여러 일들이 머릿속에 떠올랐다. 아픈 유나기 군의 표정에 설레는 바람에 욕실에서 저지른 자신의 경거망동과 나누었던 대화, 그 결과로 이 아이의 집에서 하룻밤을 보냈다.

이불 킥을 하며 나도 모르게 비명을 지르려다가 입을 다물었다.

『니시키? 옆에 누구 있어?』

알람은 멈췄지만, 여성의 목소리가 스피커가 켜진 상태로 들려왔다.

"…………!"

서둘러 스마트폰을 쥐고 확인하니 화면에는 쿠호인 양의 이름이 표시된 채로 통화 상태였다.

내가 만진 건 유나기 군의 스마트폰이었던 것 같다.

『거기 있는 너, 누구야?』

쿠호인 양은 불신감을 드러낸 목소리로 의심했다.

여기서 내 정체가 들키면 사회적으로 매장당한다. 야단났네, 어쩌지?!

옆에서 니시키 군이 눈을 떴다.

"어라? 선생님. 무슨— 우웁?!"

반사적으로 유나기 군의 입을 틀어막았다.

"여보세요. 나, 유나기 엄마예요. 감기에 걸렸다고 해서 간호하러 왔어요."

나는 필사적으로 목소리를 바꾸어 묻지도 않았는데 내 상황을 설명했다.

『니시키 어머님이시라고요? 죄송해요. 같은 반 친구인 쿠호인이라고 합니다. 저기, 목소리가 참 젊으시네요. 깜짝 놀랐어요.』

"그런 말 많이 들어요."

식은땀을 흘리며 나는 유나기 군의 엄마인 척 연기했다.

『실례지만 어디서 뵌 적이 있나요? 들어 본 적이 있는 듯한 목소리여서……』

"기분 탓이겠죠. 그나저나 용건이 뭐죠?"

유나기 군은 내 손을 치우더니 지금 누구와 대화하고 있는지 알아챘다.

『니시키의 몸 상태가 걱정돼서 전화했습니다.』

"이제 열도 내렸고, 식욕도 있고, 기운을 되찾았으니 걱정하지 말아요. 전화해 줘서 고마워요."

옆에서 웃음을 참는 유나기 군의 표정은 어제와 비교했을 때 상당히 좋아 보였다.

『몸조리 잘하라고 전해 주세요.』

쿠호인 양과 통화가 끝난 나는 긴장에서 해방됐다.

"눈뜨자마자 웃기지 좀 마세요! 깜짝 놀랐잖아요."

니시키 군은 평소처럼 웃을 정도로 회복된 모양이었다.

"나도 심장 멈추는 줄 알았다고."

심장이 벌렁거려서 침대에 손을 대고 말았다.

"텐조 씨, 또 무의식중에 침대로 들어오셨네요. 어젯밤에 했던 말을 이렇게 빨리 실천하시다니. 나 참, 감기라도 걸리면 어쩌시려고요."

걱정스레 말하는 유나기 군은 내가 왜 침대에 있는지도 꿰뚫고 있었다.

"윽, 변명의 여지가 없어."

부끄러워서 얼굴 볼 면목이 없다.

"저, 푹 잠들어서 전혀 몰랐어요."

"잘됐지, 뭐. 열도 완전히 내린 것 같아."

"옆에서 같이 자 주신 덕분이에요."

"그럴 리 없잖아."

"하지만 텐조 씨의 간호 덕분인 건 틀림없어요."

유나기 군은 감기가 나아 상당히 기분이 좋은 상태였다.

"그나저나 모처럼 좋은 기회였는데 그냥 날려 버리다니."

"뭐가 좋은 기회란 거야?"

"여자의 유혹을 나 몰라라 하는 건 남자의 수치라고 하잖아요. 하룻밤을 함께 보냈는데 아까워라."

"참겠다고 맹세했잖아."

"그러니까 안심하고 옆에서 자도 된다는 걸 이렇게 증명했잖아요."

유나기 군이 공연히 득의양양한 얼굴이라 나도 정색했다.

"네, 네가 아파서 그랬던 거니까 이건 빼!"

"그럼 기운 팔팔할 때 또 같이 잘까요?"

"안 잘 거거든?!"

나는 얼른 몸을 뒤로 빼다가 침대 아래로 떨어질 뻔했다.

"―휴, 다행이다. 이건 잠결에 안은 걸로 치고 봐주실래요?"

유나기 군이 재빨리 내 등을 손으로 받쳐 그대로 끌어당겼다. 그 결과 유나기 군의 가슴에 쏙 안기고 말았다.

순간 깜짝 놀랐지만 그걸 웃도는 안도감에 몸을 맡기고 말았다.

타인과 살을 맞대면 이렇게나 기분이 좋다는 걸 몰랐었다.

"영 싫은 눈치는 아니시네요."

내 얼굴을 들여다보는 유나기 군 역시 미소를 띤 얼굴이었다.

"기, 기분 탓이야!"

"잠시만 더 이렇게 있을래요?"

나는 그것도 나쁘지 않겠다고 생각했다.

"지금 망설이셨죠?"

"여, 연하한테 농락당하는 기분이 들어."

"저는 장난 아니게 진지한데요."

유나기 군은 아무렇지 않게 툭 던졌다.

나는 이제 그 말을 부정할 수 없었다.

"설마 딸기를 나눠 주러 왔던 게 이렇게 될 줄이야."

아침 햇살을 듬뿍 받아 빛나는 방의 침대 위에서 우리는 함께 웃었다.

혼자라 외로울 때가 있어도 사랑 같은 건 무리해서 하지 않아도 된다고 생각했었다.

앞날에 영원한 사랑이 있을지 없을지 모른다.

하지만 이렇게 함께 웃으면서 맞이하는 아침은 무척 행복했다.

| 작가 후기

처음 인사드리는 분도 계실 테고 오랜만인 분도 계시겠죠. 하바 라쿠토입니다.

《너의 선생님이라도 히로인이 될 수 있을까?》를 읽어 주셔서 감사합니다.

전격문고에서 발매한 4번째 시리즈입니다.

이번에는 귀여운 누님이 주인공인 이야기입니다.

어른이지만 아직 어른이 되지 못한 텐조 레이유는 교사.

어리지만 마냥 어릴 수 없었던 니시키 유나기는 학생.

두 사람이 이웃에 산다는 것을 우연히 알게 되면서 이야기가 시작됩니다. 교실과 집에서 함께 시간을 보내는 동안 서로를 조금씩 이성으로 의식하지만, 사회적 입장이나 나이 차이 때문에 고민합니다. 하지만 서로를 원하는 감정을 속일 수는 없습니다.

모호한 거리감에 흔들리는 사랑과 눈부신 청춘의 날들.

독자 여러분께서 재밌게 읽어 주신다면 이보다 더한 기쁨은 없을 것 같습니다.

고마운 분들께 감사를 전하고자 합니다.

아난 편집장님, 코마노 님 감사합니다. 편집자님께서 함께 해 주셔야 좋은 작품이 세상에 나올 수 있습니다. 앞으로도 잘 부탁드립니다.

일러스트를 담당해 주신 시오 코우지 님. 멋진 일러스트로 작품을 아름답게 꾸며 주셨습니다. 귀여운 레이유와 아키라, 청춘의 반짝임 등 모든 것이 작품에 꼭 필요한 요소입니다. 감사합니다.

본 작품의 출판에 애써 주신 관계자분들께도 감사 인사를 전합니다.

아내와 태어난 딸. 그리고 물심양면으로 애써 준 가족에게 는 무한한 감사를.

무엇과도 바꿀 수 없는 친구들, 늘 도와줘서 고마워.

최신 정보는 하바의 X(옛 트위터, @habarakuto)에서 그때그때 업로드 중입니다. 꼭 팔로우하셔서 응원해 주시기 바랍니다.

하바 라쿠토였습니다. 다음에 또 만납시다.

BGM: 요네즈 켄시 『LADY』

저희 때는 "난 선생이고, 넌 학생이야!"라는 유명한 대사가 있었습니다.

MBC 수목 드라마 『로망스』는 방영 당시 2002년 월드컵 기간과 맞물려 있었음에도 상당히 인기가 많았던 것으로 기억이 납니다. 이 드라마 덕분에 지금도 벚꽃 시즌이 되면 드라마 촬영지였던 진해의 로망스 다리 주변은 인생 샷을 찍으려는 사람들로 북새통을 이뤘지요.

교사와 학생의 사랑을 소재로 한 작품은 이미 차고 넘치는데도 여전히 인기가 있는 이유가 무엇일까요? 폭발적인 인기를 얻지는 못하더라도 중간은 가기 때문이 아닐까요? 예상을 한 치도 빗나가지 않는 등장인물과 줄거리인데도, 믿고 보는 재미가 없을 수 없는 소재.

'나는 소망한다 내게 금지된 것을(폴 엘뤼아르의 시 '모퉁이' 전문).'이라는 시구(詩句)를 아는지 모르겠습니다. 이 시구처럼 사람들은 금기를 어기는 걸 좋아합니다. 하면 안 되는 짓을 저질러 버리는 것에서 오는 쾌감, 도파민이 팡팡 터지는 짜릿한 느낌을 받을 수 있으니까요. 아무튼, 하지 말라는 것일수록 하고 싫어지는 게 인간 아니겠습니까? 그래서 선생과 학생과의 러브 스토리가 여전히 인기가 있나 봅니다. 역으로 생각하면 기존의 여러 가치관이 붕괴되는 요즘, 교사와 제자 사이의 연애 감정은 여전히 금기시되는 게 어찌 보면 신기하기도 합니다. 교사라는 직업에 대한 사람들의 기대치가 높기 때문일까 싶습니다.

텐조와 니시키는 복잡한 가정사가 있는 듯합니다. 니시키는 부모님의 이혼과 재혼으로 새 여동생이 생겼는데, 그 여동생이 자기에게 남매 이상의 감정을 느끼는 것을 알고 새 가정의 행복을 깨고 싶지 않아 집을 나와 자취를 시작했으니까요. 텐조는 화목하지 않은 가정에서 자란 탓에 사랑을 믿지 않게 됐고, 그로 인해 여러 이성의 구애에도 불구하고 아직 모태 솔로입니다. 이 두 사람이 옆집 이웃으로 만나 비밀스러운(?) 만남을 가지면서 호감이 자라나지요. 무서울 것 없는 10대 니시키는 자기감정에 솔직한 반면, 교사인 텐조는 니시키의 감정을 알면서도 어른스럽게(?) 모르는 척 밀어내려고 합니다. 여기에 촉이 좋은 마유즈미와 앞으로 연적이 될 것 같은 쿠호인까지. 앞에서도 말했지만 무엇 하나 예상을 빗나가는 게 없는 캐릭터들입니다. 그럼에도 이 작품이 지루하지 않았던 건 작중 인물들 간의 밀고 당기기가 꽤 현실적이었다는 점이 아닐까요? 자연스럽게 텐조의 입장에서 서사를 따라가다 보니 앞날이 빤히 보이는 것 같았습니다. 이 감정이 폭로되었을 때 세상으로부터 어떤 질타를 받게 될지……. 그래서 니시키의 열정이 참 부러웠던 것 같습니다. 아무것도 보이지 않고 오직 한 사람을 향해 자신의 감정에만 집중할 수 있는 경험은 그리 자주 할 수 있는 게 아니니까요.

2권부터는 어떤 사건이 터질까요? 그 사건은 두 사람을 어디까지 궁지로 몰아갈까요? 쿠호인은 과연 악녀로 변할까요? 마유즈미는 존경하는 텐조 선생님의 사랑을 응원할까요? 궁금한 게 한둘이 아닙니다.

드라마 『로망스』에서는 두 주인공이 3년 후에 재회하는 것으로 끝나니 해피엔드라고 볼 수 있지만, 이 작품에서는 남주가 성인이 된 후에 맺어지는 설정이니 교사와 학생 사이의 연애 감정은 사회적으로 인정받지 못한다는 것을 암묵적으로 보여주고 있습니다. 그래서 더욱 이 작품의 결말이 궁금해집니다.

당신은…… 어떠신가요?

24년 7월에 역자 씀.

너의 선생님이라도 히로인이 될 수 있을까? 1

초판 1쇄 발행   2025년 2월 10일

지은이   하바 라쿠토
일러스트   시오 코우지
옮긴이   조아라

책임편집   김기준
디자인   정유정
책임마케팅 최혜령, 박지수, 도우리
마케팅   콘텐츠 IP 사업본부
해외사업   한승빈
경영지원   백선희, 권영환, 이기경, 최민선
제작   제이오
교정·교열   전하연(북케어)

펴낸이   서현동
펴낸곳   ㈜오팬하우스
출판등록   2024년 5월 16일 제2024-000141호
주소   서울특별시 강남구 테헤란로 419, 11층 (삼성동, 강남파이낸스플라자)
이메일   ofansnovel@naver.com

KIMI NO SENSEI DEMO HIROIN NI NAREMASUKA? Vol.1
©Rakuto Haba 2023
Edited by 전격 문고
First published in Japan in 2023 by KADOKAWA CORPORATION, Tokyo.
Korean translation rights arranged with KADOKAWA CORPORATION, Tokyo.

ISBN 979-11-94293-87-3 04830
ISBN 979-11-94293-86-6 (세트)

오팬스노벨은 ㈜오팬하우스의 출판 브랜드입니다.

플레이어 네임 유우키, 17세.
스스로 말하기 좀 그렇지만,
살인 게임 전문가입니다.

**제18회 MF문고J 라이트노벨 신인상 《우수상》 수상작
TV 애니메이션 제작 확정!**

사망 유희로 밥을 먹는다.
우카이 유시 지음 │ 네코메타루 일러스트

조금 특별한 이웃의 위장과 심장을 사로잡는
식욕 자극 러브 코미디!

제19회 MF문고 신인상 《우수상》 수상작

내 배덕한 밥을 조르지 않고는 못 배기는, 옆집의 톱 아이돌님

오이카와 키신 지음 | 히즈키 히구레 일러스트